AF404509

PROSPER MÉRIMÉE

Autant de lecture que dans
un volume à 9 francs pour

95 cent.

l'ouvrage complet illustré

CARMEN

LA VÉNUS D'ILLE
TAMANGO

F. ROUFF, éditeur, PARIS

CARMEN

Πάσα γυνὴ χόλος ἐστίν· ἔχει δ'ἀγαθὰς δύο ὥρας
Τὴν μίαν ἐν θαλάμῳ, τὴν μίάν ἐν θανάτῳ.

PALLADAS.

I

J'AVAIS toujours soupçonné les géographes de ne savoir ce qu'ils disent lorsqu'ils placent le champ de bataille de Munda dans le pays des Bastuli-Pœni, près de la moderne Monda, à quelques lieues au nord de Marbella. D'après mes propres conjectures sur le texte de l'anonyme, auteur du *Bellum Hispaniense*, et quelques renseignements recueillis dans l'excellente bibliothèque du duc d'Ossuna, je pensais qu'il fallait chercher aux environs de Montilla le lieu mémorable où, pour la dernière fois, César joua quitte ou double contre les champions de la république. Me trouvant en Andalousie au commencement de l'automne de 1830, je fis une assez longue excursion pour éclaircir les doutes qui me restaient encore. Un mémoire que je publierai prochainement ne laissera plus, je l'espère, aucune incertitude dans l'esprit de tous les archéologues de bonne foi. En attendant que ma dissertation résolve enfin le problème géographique qui tient toute l'Europe savante en suspens, je veux vous raconter une petite histoire; elle ne préjuge rien sur l'intéressante question de l'emplacement de Monda.

J'avais loué à Cordoue un guide et deux chevaux, et m'étais mis en campagne avec les *Commentaires de César* et quelques chemises pour tout bagage. Certain jour, errant dans la partie élevée de la plaine de Cachena, harassé de fatigue, mourant de soif, brûlé par un soleil de plomb, je donnais au diable de bon cœur César et les fils de Pompée, lorsque j'aperçus, assez loin du sentier que je suivais, une petite pelouse verte parsemée de joncs et de roseaux. Cela m'annonçait le voisinage d'une source. En effet, en m'approchant, je vis que la prétendue pelouse était un marécage où se perdait un ruisseau, sortant, comme il semblait, d'une gorge étroite entre deux hauts contreforts de la sierra de Cabra. Je conclus qu'en remontant je trouverais de l'eau plus fraîche, moins de sangsues et de grenouilles, et peut-être un peu d'ombre au milieu des rochers. A l'entrée de la gorge, mon cheval hennit, et un autre cheval, que je ne voyais pas,

lui répondit aussitôt. A peine eus-je fait une centaine de pas, que la gorge, s'élargissant tout à coup, me montra une espèce de cirque naturel parfaitement ombragé par la hauteur des escarpements qui l'entouraient. Il était impossible de rencontrer un lieu qui promît au voyageur une halte plus agréable. Au pied de rochers à pic, la source s'élançait en bouillonnant, et tombait dans un petit bassin tapissé d'un sable blanc comme la neige. Cinq à six beaux chênes verts, toujours à l'abri du vent et rafraîchis par la source, s'élevaient sur ses bords, et la couvraient de leurs épais ombrage; enfin, autour du bassin, une herbe fine, lustrée, offrait un lit meilleur qu'on n'en eût trouvé dans aucune auberge à dix lieues à la ronde.

A moi n'appartenait pas l'honneur d'avoir découvert un si beau lieu. Un homme s'y reposait déjà, et sans doute dormait, lorsque j'y pénétrai. Réveillé par les hennissements, il s'était levé, et s'était rapproché de son cheval, qui avait profité du sommeil de son maître pour faire un bon repas de l'herbe aux environs. C'était un jeune gaillard, de taille moyenne, mais d'apparence robuste, au regard sombre et fier. Son teint, qui avait pu être beau, était devenu, par l'action du soleil, plus foncé que ses cheveux. D'une main il tenait le licol de sa monture, de l'autre une espingole de cuivre. J'avouerai que d'abord l'espingole et l'air farouche du porteur me surprirent quelque peu; mais je ne croyais plus aux voleurs, à force d'en entendre parler et de n'en rencontrer jamais. D'ailleurs, j'avais vu tant d'honnêtes fermiers s'armer jusqu'aux dents pour aller au marché, que la vue d'une arme à feu ne m'autorisait pas à mettre en doute la moralité de l'inconnu. — Et puis, me disais-je, que ferait-il de mes chemises et de mes *Commentaires* Elzévir ? Je saluai donc l'homme à l'espingole d'un signe de tête familier, et je lui demandai en souriant si j'avais troublé son sommeil. Sans me répondre, il me toisa de la tête aux pieds; puis, comme satisfait de son examen, il considéra avec la même attention mon guide,

qui s'avançait. Je vis celui-ci pâlir et s'arrêter en montrant une terreur évidente. Mauvaise rencontre ! me dis-je. Mais la prudence me
conseilla aussitôt de ne laisser voir aucune inquiétude. Je mis pied à terre ; je dis au guide
de débrider, et, m'agenouillant au bord de la
source, j'y plongeai ma tête et mes mains ; puis
je bus une bonne gorgée, couché à plat ventre,
comme les mauvais soldats de Gédéon.

J'observai cependant mon guide et l'inconnu.
Le premier s'approchait bien à contre-cœur ; l'autre semblait n'avoir pas de mauvais desseins
contre nous, car il avait rendu la liberté à son
cheval, et son espingole, qu'il tenait d'abord ho-
rizontale, était maintenant dirigée vers la terre.

Ne croyant pas devoir me formaliser du peu de
cas qu'on avait paru faire de ma personne, je
m'étendis sur l'herbe, et d'un air dégagé je demandai à l'homme à l'espingole s'il n'avait pas
un briquet sur lui. En même temps je tirai mon
étui à cigares. L'inconnu, toujours sans parler,
fouilla dans sa poche, prit son briquet, et s'em-
pressa de me faire du feu. Évidemment il s'hu-
manisait ; car il s'assit en face de moi, toutefois
sans quitter son arme. Mon cigare allumé, je
choisis le meilleur de ceux qui me restaient, et
je lui demandai s'il fumait.

— Oui, monsieur, répondit-il.

C'étaient les premiers mots qu'il faisait entendre, et je remarquai qu'il ne prononçait pas l's à
la manière andalouse (1), d'où je conclus que
c'était un voyageur comme moi, moins archéologue seulement.

— Vous trouverez celui-ci assez bon, lui dis-je
en lui présentant un véritable régalia de la
Havane.

Il me fit une légère inclination de tête, alluma
son cigare au mien, me remercia d'un autre signe
de tête, puis se mit à fumer avec l'apparence d'un
très grand plaisir.

— Ah ! s'écria-t-il en laissant échapper lentement sa première bouffée par la bouche et les
narines, comme il y avait longtemps que je
n'avais fumé !

En Espagne, un cigare donné et reçu établit
des relations d'hospitalité, comme en Orient le
partage du pain et du sel. Mon homme se montra
plus causant que je ne l'avais espéré. D'ailleurs,
bien qu'il se dît habitant du partido de Montilla,
il paraissait connaître le pays assez mal. Il ne
savait pas le nom de la charmante vallée où nous
nous trouvions ; il ne pouvait nommer aucun village des alentours ; enfin, interrogé par moi s'il
n'avait pas vu aux environs des murs détruits,
de larges tuiles à rebords, des pierres sculptées,

il confessa qu'il n'avait jamais fait attention à
pareilles choses. En revanche, il se montra expert
en matière de chevaux. Il critiqua le mien, ce qui
n'était pas difficile ; puis il me fit la généalogie du
sien, qui sortait du fameux haras de Cordoue :
noble animal, en effet, si dur à la fatigue, à ce
que prétendait son maître, qu'il avait fait une
fois trente lieues dans un jour, au galop ou au
grand trot. Au milieu de sa tirade, l'inconnu s'arrêta brusquement, comme surpris et fâché d'en
avoir trop dit. « C'est que j'étais pressé d'aller
à Cordoue, reprit-il avec quelque embarras.
J'avais à solliciter les juges pour un procès... »
En parlant, il regardait mon guide Antonio, qui
baissait les yeux.

L'ombre et la source me charmèrent tellement,
que je me souvins de quelques tranches d'excel-
lent jambon que mes amis de Montilla avaient mis
dans la besace de mon guide. Je les fis apporter,
et j'invitai l'étranger à prendre sa part de la
collation impromptue. S'il n'avait pas fumé depuis longtemps, il me parut vraisemblable qu'il
n'avait pas mangé depuis quarante-huit heures
au moins. Il dévorait comme un loup affamé. Je
pensai que ma rencontre avait été providentielle
pour le pauvre diable. Mon guide, cependant,
mangeait peu, buvait encore moins, et ne parlait
pas du tout, bien que depuis le commencement
de notre voyage il se fût révélé à moi comme un
bavard sans pareil. La présence de notre hôte
semblait le gêner, et une certaine méfiance les
éloignait l'un de l'autre sans que j'en devinasse
positivement la cause.

Déjà les dernières miettes du pain et du jambon avaient disparu ; nous avions fumé chacun
un second cigare ; j'ordonnai au guide de brider
nos chevaux, et j'allais prendre congé de mon
nouvel ami, lorsqu'il me demanda où je comptais
passer la nuit.

Avant que j'eusse fait attention à un signe de
mon guide, j'avais répondu que j'allais à la venta
del Cuervo.

— Mauvais gîte pour une personne comme
vous, monsieur... J'y vais, et, si vous me per-
mettez de vous accompagner, nous ferons route
ensemble.

— Très volontiers, dis-je en montant à cheval.

Mon guide, qui me tenait l'étrier, me fit un
nouveau signe des yeux. J'y répondis en haussant
les épaules, comme pour l'assurer que j'étais
parfaitement tranquille, et nous nous mîmes en
chemin.

Les signes mystérieux d'Antonio, son inquiétude, quelques mots échappés à l'inconnu, surtout sa course de trente lieues et l'explication
peu plausible qu'il en avait donnée, avaient déjà
formé mon opinion sur le compte de mon compagnon de voyage. Je ne doutai pas que je
n'eusse affaire à un contrebandier, peut-être à
un voleur ; que m'importait ? Je connaissais assez

---

1. Les Andalous aspirent l's, et la confondent dans la
prononciation avec le c doux et le z, que les Espagnols
prononcent comme le th anglais. Sur le seul mot *Señor*
on peut reconnaître un Andalou.

le caractère espagnol pour être très sûr de n'avoir rien à craindre d'un homme qui avait mangé et fumé avec moi. Sa présence même était une protection assurée contre toute mauvaise rencontre. D'ailleurs, j'étais bien aise de savoir ce que c'est qu'un brigand. On n'en voit pas tous les jours, et il y a un certain charme à se trouver auprès d'un être dangereux, surtout lorsqu'on le sent doux et apprivoisé.

J'espérais amener par degrés l'inconnu à me faire des confidences, et, malgré les clignements d'yeux de mon guide, je mis la conversation sur les voleurs de grand chemin. Bien entendu que j'en parlai avec respect. Il y avait alors en Andalousie un fameux bandit nommé José-Maria, dont les exploits étaient dans toutes les bouches. « Si j'étais à côté de José-Maria ? » me disais-je... Je racontai les histoires que je savais de ce héros, toutes à sa louange d'ailleurs, et j'exprimai hautement mon admiration pour sa bravoure et sa générosité.

— José-Maria n'est qu'un drôle, dit froidement l'étranger.

« Se rend-il justice, ou bien est-ce excès de modestie de sa part ? » me demandai-je mentalement; car, à force de considérer mon compagnon, j'étais parvenu à lui appliquer le signalement de José-Maria, que j'avais lu affiché aux portes de mainte ville d'Andalousie. — Oui, c'est bien lui... Cheveux blonds, yeux bleus, grande bouche, belles dents, les mains petites, une chemise fine, une veste de velours à boutons d'argent, des guêtres de peau blanche, un cheval bai... Plus de doute ! Mais respectons son incognito.

Nous arrivâmes à la venta. Elle était telle qu'il me l'avait dépeinte, c'est-à-dire une des plus misérables que j'eusse encore rencontrées. Une grande pièce servait de cuisine, de salle à manger et de chambre à coucher. Sur une pierre plate, le feu se faisait au milieu de la chambre et la fumée sortait par un trou pratiqué dans le toit, ou plutôt s'arrêtait, formant un nuage à quelques pieds au-dessus du sol. Le long du mur, on voyait étendues par terre cinq ou six vieilles couvertures de mulets; c'étaient les lits des voyageurs. A vingt pas de la maison, ou plutôt de l'unique pièce que je viens de décrire, s'élevait une espèce de hangar servant d'écurie. Dans ce charmant séjour, il n'y avait d'autres êtres humains, du moins pour le moment, qu'une vieille femme et une petite fille de dix à douze ans, toutes les deux de couleur de suie et vêtues d'horribles haillons. — Voilà tout ce qui reste, me dis-je, de la population de l'antique Munda Bœtica ! O César ! O Sextus Pompée ! que vous seriez surpris si vous reveniez au monde !

En apercevant mon compagnon, la vieille laissa échapper une exclamation de surprise.

— Ah ! seigneur don José ! s'écria-t-elle.

Don José fronça le sourcil, et leva une main d'un geste d'autorité qui arrêta la vieille aussitôt. Je me tournai vers mon guide, et, d'un signe imperceptible, je lui fis comprendre qu'il n'avait rien à m'apprendre sur le compte de l'homme avec qui j'allais passer la nuit. Le souper fut meilleur que je ne m'y attendais. On nous servit, sur une petite table haute d'un pied, un vieux coq fricassé avec du riz et force piments, puis des piments à l'huile, enfin du *gaspacho*, espèce de salade de piments. Trois plats ainsi épicés nous obligèrent de recourir souvent à une outre de vin de Montilla qui se trouva délicieux. Après avoir mangé, avisant une mandoline accrochée contre la muraille, — il y a partout des mandolines en Espagne, — je demandai à la petite fille qui nous servait si elle savait en jouer.

— Non, répondit-elle; mais don José en joue si bien !

— Soyez assez bon, lui dis-je, pour me chanter quelque chose; j'aime à la passion votre musique nationale.

— Je ne puis rien refuser à un monsieur si honnête qui me donne de si excellents cigares, s'écria don José d'un air de bonne humeur.

Et, s'étant fait donner la mandoline, il chanta en s'accompagnant. Sa voix était rude, mais pourtant agréable, l'air mélancolique et bizarre; quant aux paroles, je n'en compris pas un mot.

— Si je ne me trompe, lui dis-je, ce n'est pas un air espagnol que vous venez de chanter. Cela ressemble aux *zorzicos* que j'ai entendus dans les *Provinces* (1), et les paroles doivent être en langue basque.

— Oui, répondit don José d'un air sombre.

Il posa sa mandoline à terre, et, les bras croisés, il se mit à contempler le feu qui s'éteignait, avec une singulière expression de tristesse. Éclairée par une lampe posée sur la petite table, sa figure, à la fois noble et farouche, me rappelait le Satan de Milton. Comme lui peut-être, mon compagnon songeait au séjour qu'il avait quitté, à l'exil qu'il avait encouru par une faute. J'essayai de ranimer la conversation, mais il ne répondit pas, absorbé qu'il était dans ses tristes pensées. Déjà la vieille s'était couchée dans un coin de la salle, à l'abri d'une couverture trouée tendue sur une corde. La petite fille l'avait suivie dans cette retraite réservée au beau sexe. Mon guide alors, se levant, m'invita à le suivre à l'écurie; mais, à ce mot, don José, comme réveillé en sursaut, lui demanda d'un ton brusque où il allait.

— A l'écurie, répondit le guide.

---

1. *Les provinces privilégiées*, jouissant de *fueros* particuliers, c'est-à-dire l'Alava, la Biscaïe, la Guipuzcoa, et une partie de la Navarre. Le basque est la langue du pays.

— Pourquoi faire ? les chevaux ont à manger. Couche ici, monsieur le permettra.

— Je crains que le cheval de Monsieur ne soit malade; je voudrais que Monsieur le vît : peut-être saura-t-il ce qu'il faut lui faire.

Il était évident qu'Antonio voulait me parler en particulier; mais je ne me souciais pas de donner des soupçons à don José, et, au point où nous

Nous arrivâmes à la venta (p. 3).

en étions, il me semblait que le meilleur parti à prendre était de montrer la plus grande confiance. Je répondis donc à Antonio que je n'entendais rien aux chevaux et que j'avais envie de dormir. Don José le suivit à l'écurie, d'où bientôt il revint seul. Il me dit que le cheval n'avait rien, mais que mon guide le trouvait un animal si précieux, qu'il le frottait avec sa veste pour le faire transpirer, et qu'il comptait passer la nuit dans cette douce occupation. Cependant je m'étais étendu sur les couvertures de mulets, soigneuse-

ment enveloppé dans mon manteou, pour ne pas les toucher. Après m'avoir demandé pardon de la liberté qu'il prenait de se mettre auprès de moi, don José se coucha devant la porte, non sans avoir renouvelé l'amorce de son espingole, qu'il eut soin de placer sous la besace qui lui servait d'oreiller. Cinq minutes après nous être mutuellement souhaité le bonsoir, nous étions l'un et l'autre profondément endormis.

Je me croyais assez fatigué pour pouvoir dormir dans un pareil gîte; mais, au bout d'une heure, de très désagréables démangeaisons m'arrachèrent à mon premier somme. Dès que j'en eus compris la nature, je me levai, persuadé qu'il valait mieux passer le reste de la nuit à la belle étoile que sous ce toit inhospitalier. Marchant sur la pointe du pied, je gagnai la porte, j'enjambai par-dessus la couche de don José, qui dormait du sommeil du juste, et je fis si bien que je sortis de la maison sans qu'il s'éveillât. Auprès de la porte était un large banc de bois; je m'étendis dessus, et m'arrangeai de mon mieux pour achever ma nuit. J'allais fermer les yeux pour la seconde fois, quand il me sembla voir passer devant moi l'ombre d'un homme et l'ombre d'un cheval marchant l'un et l'autre sans faire le moindre bruit. Je me mis sur mon séant, et je crus reconnaître Antonio. Surpris de le voir hors de l'écurie à pareille heure, je me levai et marchai à sa rencontre. Il s'était arrêté, m'ayant aperçu d'abord.

— Où est-il ? me demanda Antonio à voix basse.

— Dans la venta; il dort; il n'a pas peur des punaises. Pourquoi donc emmenez-vous ce cheval ?

Je remarquai alors que, pour ne pas faire de bruit en sortant du hangar, Antonio avait enveloppé les pieds de l'animal avec les débris d'une vieille couverture.

— Parlez plus bas, me dit Antonio, au nom de Dieu! Vous ne savez donc pas qui est cet homme-là ? C'est José Navarro, le plus insigne bandit de l'Andalousie. Toute la journée je vous ai fait des signes que vous n'avez pas compris.

— Bandit ou non, que m'importe ? il ne nous a pas volés, et je parierais qu'il n'en a pas envie.

— A la bonne heure; mais il y a deux cents ducats pour qui le livrera. Je sais un poste de lanciers à une lieue et demie d'ici, et avant qu'il soit jour, j'amènerai quelques gaillards solides. J'aurais pris son cheval, mais il est si méchant que nul que le Navarro ne peut en approcher.

— Que le diable vous emporte! lui dis-je. Quel mal vous a fait ce pauvre homme pour le dénoncer? D'ailleurs, êtes-vous sûr qu'il soit le brigand que vous dites?

— Parfaitement sûr; tout à l'heure il m'a suivi dans l'écurie et m'a dit : « Tu as l'air de me connaître, si tu dis à ce bon monsieur qui je suis, je te fais sauter la cervelle. » Restez, monsieur, restez auprès de lui; vous n'avez rien à craindre. Tant qu'il vous saura là, il ne se méfiera de rien.

Tout en parlant nous nous étions déjà assez éloignés de la venta pour qu'on ne pût entendre les fers du cheval. Antonio l'avait débarrassé en un clin d'œil des guenilles dont il lui avait enveloppé les pieds; il se préparait à enfourcher sa monture. J'essayai prières et menaces pour le retenir.

— Je suis un pauvre diable, monsieur, me disait-il; deux cents ducats ne sont pas à perdre, surtout quand il s'agit de délivrer le pays de pareille vermine. Mais prenez garde; si le Navarro se réveille, il sautera sur son espingole, et gare à vous! Moi je suis trop avancé pour reculer; arrangez-vous comme vous pourrez.

Le drôle était en selle; il piqua des deux, et dans l'obscurité je l'eus bientôt perdu de vue.

J'étais fort irrité contre mon guide et passablement inquiet. Après un instant de réflexion, je me décidai et rentrai dans la venta. Don José dormait encore, réparant sans doute en ce moment les fatigues et les veilles de plusieurs journées aventureuses. Je fus obligé de le secouer rudement pour l'éveiller. Jamais je n'oublierai son regard farouche et le mouvement qu'il fit pour saisir son espingole, que, par mesure de précaution, j'avais mise à quelque distance de sa couche.

— Monsieur, lui dis-je, je vous demande pardon de vous éveiller; mais j'ai une sotte question à vous faire : seriez-vous bien aise de voir arriver ici une demi-douzaine de lanciers?

Il sauta en pieds, et d'une voix terrible :

— Qui vous l'a dit? me demanda-t-il.

— Peu importe d'où vient l'avis, pourvu qu'il soit bon.

— Votre guide m'a trahi, mais il me le payera! Où est-il?

— Je ne sais... Dans l'écurie, je pense... mais quelqu'un m'a dit...

— Qui vous a dit?... Ce ne peut être la vieille...

— Quelqu'un que je ne connais pas... Sans plus de paroles, avez-vous, oui ou non, des motifs pour ne pas attendre les soldats? Si vous en avez, ne perdez pas de temps, sinon bonsoir, et je vous demande pardon d'avoir interrompu votre sommeil.

— Ah! votre guide! votre guide! Je m'en étais méfié d'abord, mais... son compte est bon! Adieu, monsieur. Dieu vous rende le service que je vous dois. Je ne suis pas tout à fait aussi mauvais que vous me croyez... oui; il y a encore en moi quelque chose qui mérite de la pitié d'un galant homme... Adieu, monsieur. Je n'ai qu'un regret... c'est de ne pouvoir m'acquitter envers vous.

— Pour prix du service que je vous ai rendu, promettez-moi, don José, de ne soupçonner personne, de ne pas songer à la vengeance. Tenez, voilà des cigares pour votre route; bon voyage!

Et je lui tendis la main.

Il me la serra sans répondre, prit son espingole et sa besace, et, après avoir dit quelques mots à la veille dans son argot que je ne pus comprendre, il courut au hangar. Quelques instants après, je l'entendais galoper dans la campagne.

Pour moi, je me recouchai sur mon banc, mais je ne me rendormis point. Je me demandais si j'avais eu raison de sauver de la potence un voleur, et peut-être un meurtrier, et cela seulement parce que j'avais mangé du jambon avec lui et du riz à la valencienne. N'avais-je pas trahi mon guide qui soutenait la cause des lois; ne l'avais-je pas exposé à la vengeance d'un scélérat? Mais les devoirs de l'hospitalité!... Préjugé de sauvage, me disais-je; j'aurai à répondre de tous les crimes que le bandit va commettre... Pourtant est-ce un préjugé que cet instinct de conscience qui résiste à tous les raisonnements? Peut-être, dans la situation délicate où je me trouvais, ne pouvais-je m'en tirer sans remords. Je flottais encore dans la plus grande incertitude au sujet de la moralité de mon action, lorsque je vis paraître une demi-douzaine de cavaliers avec Antonio, qui se tenait prudemment à l'arrière-garde. J'allai au-devant d'eux, et les prévins que le bandit avait pris la fuite depuis plus de deux heures. La vieille, interrogée par le brigadier, répondit qu'elle connaissait le Navarro, mais que, vivant seule, elle n'aurait jamais osé risquer sa vie en le dénonçant. Elle ajouta que son habitude, lorsqu'il venait chez elle, était de partir toujours au milieu de la nuit. Pour moi, il me fallut aller, à quelques lieues de là, exhiber mon passeport et signer une déclaration devant un alcade, après quoi on me permit de reprendre mes recherches archéologiques. Antonio me gardait rancune, soupçonnant que c'était moi qui l'avais empêché de gagner les deux cents ducats. Pourtant nous nous séparâmes bons amis à Cordoue; là, je lui donnai une gratification aussi forte que l'état de mes finances pouvait me le permettre.

II

E passai quelques jours à Cordoue. On m'avait indiqué certain manuscrit de la bibliothèque des Dominicains, où je devais trouver des renseignements intéressants sur l'antique Munda. Fort bien accueilli par les bons Pères, je passais les journées dans leur couvent, et le soir je me promenais par la ville. A Cordoue, vers le coucher du soleil, il y a quantité d'oisifs sur le quai qui borde la rive droite du Guadalquivir. Là, on respire les émanations d'une tannerie qui conserve encore l'antique renommée du pays pour la préparation des cuirs; mais, en revanche, on y jouit d'un spectacle qui a bien son mérite. Quelques minutes avant l'*angélus*, un grand nombre de femmes se rassemblent sur le bord du fleuve, au bas du quai, lequel est assez élevé. Pas un homme n'oserait se mêler à cette troupe. Aussitôt que l'*angélus* sonne, il est censé qu'il fait nuit. Au dernier coup de cloche, toutes ces femmes se déshabillent et entrent dans l'eau. Alors ce sont des cris, des rires, un tapage infernal. Du haut du quai, les hommes contemplent les baigneuses, écarquillent les yeux et ne voient pas grand'chose. Cependant ces formes blanches et incertaines qui se dessinent sur le sombre azur du fleuve, font travailler les esprits poétiques, et, avec un peu d'imagination, il n'est pas difficile de se représenter Diane et ses nymphes au bain, sans avoir à craindre le sort d'Actéon. — On m'a dit que quelques mauvais garnements se cotisèrent certain jour, pour graisser la patte au sonneur de la cathédrale et lui faire sonner l'*angélus* vingt minutes avant l'heure légale. Bien qu'il fît encore grand jour, les nymphes du Guadalquivir n'hésitèrent pas, et se fiant plus à l'*angélus* qu'au soleil, elles firent en sûreté de conscience leur toilette de bain, qui est toujours des plus simples. Je n'y étais pas. De mon temps le sonneur était incorruptible, le crépuscule peu clair, et un chat seulement aurait pu distinguer la plus vieille marchande d'oranges de la plus jolie grisette de Cordoue.

Un soir, à l'heure où l'on ne voit plus rien, je fumais, appuyé sur le parapet du quai, lorsqu'une femme, remontant l'escalier qui conduit à la rivière, vint s'asseoir près de moi. Elle avait dans les cheveux un gros bouquet de jasmin, dont les pétales exhalent le soir une odeur enivrante. Elle était simplement, peut-être pauvrement vêtue, tout en noir, comme la plupart des grisettes dans la soirée. Les femmes comme il faut ne portent le noir que le matin; le soir, elles s'habillent *à la francesa*. En arrivant auprès de moi, ma baigneuse laissa glisser sur ses épaules la mantille qui lui couvrait la tête, et, *à l'obscure clarté qui tombe des étoiles*, je vis qu'elle était petite, jeune, bien faite, et qu'elle avait de très grands yeux. Je jetai mon cigare aussitôt. Elle comprit cette attention d'une politesse toute française, et se hâta de me dire qu'elle aimait beaucoup l'odeur du tabac, et que même elle fumait, quand elle trouvait des *papelitos* bien doux. Par bonheur, j'en avais de tels dans mon étui, et je m'empressai de lui en offrir. Elle daigna en prendre un, et l'alluma à un bout de corde enflammé qu'un enfant nous apporta moyennant un sou. Mêlant nos fumées, nous causâmes si longtemps, la belle baigneuse et moi, que nous nous trouvâmes presque seuls sur le quai. Je crus n'être point indiscret en lui offrant d'aller prendre des glaces à la *neveria* (1). Après une hésitation modeste elle accepta; mais avant de se décider, elle désira savoir quelle heure il était. Je fis sonner ma montre, et cette sonnerie parut l'étonner beaucoup.

— Quelles inventions on a chez vous, messieurs les étrangers! De quel pays êtes-vous, monsieur? Anglais sans doute (2)?

— Français et votre grand serviteur. Et vous, mademoiselle, ou madame, vous êtes probablement de Cordoue?

— Non.

— Vous êtes du moins Andalouse. Il me semble le reconnaître à votre doux parler.

— Si vous remarquez si bien l'accent du monde, vous devez bien deviner qui je suis.

— Je crois que vous êtes du pays de Jésus, à deux pas du paradis.

(J'avais appris cette métaphore, qui désigne l'Andalousie, de mon ami Francisco Sevilla, picador bien connu.)

— Bah! le paradis... les gens d'ici disent qu'il n'est pas fait pour nous.

— Alors, vous seriez donc Mauresque, ou... je m'arrêtai, n'osant dire : juive.

— Allons, allons! vous voyez bien que je suis bohémienne; voulez-vous que je vous dise *la baji* (3)? — Avez-vous entendu parler de la Carmencita? C'est moi.

J'étais alors un tel mécréant, il y a de cela quinze ans, que je ne reculai pas d'horreur en

----

(1) Café pourvu d'une glacière, ou plutôt d'un dépôt de neige. En Espagne, il n'y a guère de village qui n'ait sa *neveria*.

(2) En Espagne, tout voyageur qui ne porte pas avec lui des échantillons de calicot ou de soieries passe pour un Anglais, *Inglesito*. Il en est de même en Orient. À Chalcis, j'ai eu l'honneur d'être annoncé comme un Μιλόρδοσ Φραντζέσοσ.

(3) La bonne aventure.

me voyant à côté d'une sorcière. « Bon ! me dis-je ; la semaine passée, j'ai soupé avec un voleur de grands chemins, allons aujourd'hui prendre des glaces avec une servante du diable. En voyage il faut tout voir. » J'avais encore un autre motif pour cultiver sa connaissance. Sortant du collège, je l'avouerai à ma honte, j'avais perdu quelque temps à étudier les sciences occultes et même plusieurs fois j'avais tenté de conjurer l'esprit de ténèbres. Guéri depuis long-temps de la passion de semblables recherches, je n'en conservais pas moins un certain attrait de curiosité pour toutes les superstitions, et me faisais une fête d'apprendre jusqu'où s'était élevé l'art de la magie parmi les bohémiens.

Tout en causant, nous étions entrés dans la *neveria*, et nous nous étions assis à une petite table éclairée par une bougie renfermée dans un globe de verre. J'eus alors tout le loisir d'examiner ma *gitana* pendant que quelques honnêtes gens s'ébahissaient en prenant leurs glaces, de me voir en si bonne compagnie.

Je doute fort que mademoiselle Carmen fût de race pure, du moins elle était infiniment plus jolie que toutes les femmes de sa nation que j'aie jamais rencontrées. Pour qu'une femme soit belle, disent les Espagnols, il faut qu'elle réunisse trente *si*, ou, si l'on veut, qu'on puisse la définir au moyen de dix adjectifs applicables chacun à trois parties de sa personne. Par exemple, elle doit avoir trois choses noires : les yeux, les paupières et les sourcils ; trois fines, les doigts les lèvres, les cheveux, etc. Voyez Brantôme pour le reste. Ma bohémienne ne pouvait prétendre à tant de perfections. Sa peau, d'ailleurs parfaitement unie, approchait fort de la teinte du cuivre. Ses yeux étaient obliques, mais admirablement fendus ; ses lèvres un peu fortes mais bien dessinées et laissant voir des dents plus blanches que des amandes sans leur peau. Ses cheveux, peut-être un peu gros, étaient noirs, à reflets bleus comme l'aile d'un corbeau, longs et luisants. Pour ne pas vous fatiguer d'une description trop prolixe, je vous dirai en somme qu'à chaque défaut elle réunissait une qualité qui ressortait peut-être plus fortement par le contraste. C'était une beauté étrange et sauvage, une figure qui étonnait d'abord, mais qu'on ne pouvait oublier. Ses yeux surtout avaient une expression à la fois voluptueuse et farouche que je n'ai trouvée depuis à aucun regard humain. Œil de bohémien, œil de loup, c'est un dicton espagnol qui dénote une bonne observation. Si vous n'avez pas le temps d'aller au Jardin des Plantes pour étudier le regard d'un loup, considérez votre chat quand il guette un moineau.

On sent qu'il eût été ridicule de se faire tirer la bonne aventure dans un café. Aussi je priai la jolie sorcière de me permettre de l'accompa-

gner à son domicile ; elle y consentit sans difficulté, mais elle voulut connaître encore la marche du temps, et me pria de nouveau de faire sonner ma montre.

— Est-elle vraiment d'or ? dit-elle en la considérant avec une excessive attention.

Quand nous nous remîmes en marche, il était nuit close ; la plupart des boutiques étaient fermées et les rues presque désertes. Nous passâmes le pont du Guadalquivir, et à l'extrémité du faubourg, nous nous arrêtâmes devant une maison qui n'avait nullement l'apparence d'un palais. Un enfant nous ouvrit. La bohémienne lui dit quelques mots dans une langue à moi inconnue, que je sus depuis être la *rommani* ou *chipe calli*, l'idiome des gitanos. Aussitôt l'enfant disparut, nous laissant dans une chambre assez vaste, meublée d'une petite table, de deux tabourets et d'un coffre. Je ne dois point oublier une jarre d'eau, un tas d'oranges et une botte d'ognons.

Dès que nous fûmes seuls, la bohémienne tira de son coffre des cartes qui paraissaient avoir beaucoup servi, un aimant, un caméléon desséché, et quelques autres objets nécessaires à son art. Puis elle me dit de faire la croix dans ma main gauche avec une pièce de monnaie, et les cérémonies magiques commencèrent. Il est inutile de vous rapporter ses prédictions, et, quant à sa manière d'opérer, il était évident qu'elle n'était pas sorcière à demi.

Malheureusement nous fûmes bientôt dérangés. La porte s'ouvrit tout à coup avec violence, et un homme, enveloppé jusqu'aux yeux dans un manteau brun, entra dans la chambre en apostrophant la bohémienne d'une façon peu gracieuse. Je n'entendais pas ce qu'il disait, mais le ton de sa voix indiquait qu'il était de fort mauvaise humeur. A sa vue, la gitane ne montra ni surprise ni colère, mais elle accourut à sa rencontre, et, avec une volubilité extraordinaire, lui adressa quelques phrases dans la langue mystérieuse dont elle s'était déjà servi devant moi. Le mot *payllo*, souvent répété, était le seul mot que je comprisse. Je savais que les bohémiens désignent ainsi tout homme étranger à leur race. Supposant qu'il s'agissait de moi, je m'attendais à une explication délicate ; déjà j'avais la main sur le pied d'un des tabourets, et je syllogisais à part moi pour deviner le moment précis où il conviendrait de le jeter à la tête de l'intrus. Celui-ci repoussa rudement la bohémienne, et s'avança vers moi ; puis, reculant d'un pas :

— Ah ! monsieur, dit-il, c'est vous !

Je le regardai à mon tour, et reconnus mon ami don José. En ce moment, je regrettais un peu de ne pas l'avoir laissé prendre.

— Eh ! c'est vous, mon brave ! m'écriai-je en riant le moins jaune que je pus ; vous avez interrompu mademoiselle au moment où elle m'annonçait des choses bien intéressantes.

— Toujours la même ! Ça finira, dit-il entre ses dents, attachant sur elle un regard farouche.

Cependant la bohémienne continuait à lui parler dans sa langue. Elle s'animait par degrés. Son œil s'injectait de sang et devenait terrible, ses traits se contractaient, elle frappait du pied. Il me sembla qu'elle le pressait vivement de faire quelque chose à quoi il montrait de l'hésitation. Ce que c'était, je croyais ne le comprendre que trop à la voir passer et repasser rapidement sa petite main sous son menton. J'étais tenté de croire qu'il s'agissait d'une gorge à couper, et j'avais quelques soupçons que cette gorge ne fût la mienne.

A tout ce torrent d'éloquence, don José ne répondit que par deux ou trois mots prononcés d'un ton bref. Alors la bohémienne lui lança un regard de profond mépris; puis s'asseyant à la turque dans un coin de la chambre, elle choisit une orange, la pela et se mit à la manger.

Don José me prit le bras, ouvrit la porte et me conduisit dans la rue. Nous fîmes environ deux cents pas dans le plus profond silence. Puis, étendant la main :

— Toujours tout droit, dit-il, et vous trouverez le pont.

Aussitôt il me tourna le dos et s'éloigna rapidement. Je revins à mon auberge un peu penaud et d'assez mauvaise humeur. Le pire fut qu'en me déshabillant, je m'aperçus que ma montre me manquait.

Diverses considérations m'empêchèrent d'aller la réclamer le lendemain, ou de solliciter monsieur le corrégidor pour qu'il voulût bien la faire chercher. Je terminai mon travail sur le manuscrit des Dominicains et je partis pour Séville. Après plusieurs mois de courses errantes en Andalousie, je voulus retourner à Madrid, et il me fallut repasser par Cordoue. Je n'avais pas l'intention d'y faire un long séjour, car j'avais pris en grippe cette belle ville et les baigneuses du Guadalquivir. Cependant quelques amis à revoir, quelques commissions à faire devaient me retenir au moins trois ou quatre jours dans l'antique capitale des princes musulmans.

Dès que je reparus au couvent des Dominicains, un des pères qui m'avait toujours montré un vif intérêt dans mes recherches sur l'emplacement de Munda, m'accueillit les bras ouverts en s'écriant :

— Loué soit le nom de Dieu ! Soyez le bienvenu, mon cher ami. Nous vous croyions tous mort, et moi, qui vous parle, j'ai récité bien des pater et des ave, que je ne regrette pas, pour le salut de votre âme. Ainsi vous n'êtes pas assassiné, car pour volé, nous savons que vous l'êtes ?

— Comment cela ? demandai-je un peu surpris.

— Oui, vous savez bien, cette belle montre à répétition que vous faisiez sonner dans la bibliothèque, quand nous vous disions qu'il était temps d'aller au chœur. Eh bien ! elle est retrouvée, on vous la rendra.

— C'est-à-dire, interrompis-je un peu décontenancé, que je l'avais égarée...

— Le coquin est sous les verrous, et, comme on savait qu'il était homme à tirer un coup de fusil à un chrétien pour lui prendre une piécette, nous mourions de peur qu'il ne vous eût tué. J'irai avec vous chez le corrégidor, et nous vous ferons rendre votre belle montre. Et puis, avisez-vous de dire là-bas que la justice ne sait pas son métier en Espagne !

— Je vous avoue, lui dis-je, que j'aimerais mieux perdre ma montre que de témoigner en justice pour faire pendre un pauvre diable, surtout parce que... parce que...

— Oh ! n'ayez aucune inquiétude; il est bien recommandé, et on ne peut le pendre deux fois. Quand je dis pendre, je me trompe. C'est un hidalgo que votre voleur; il sera donc garrotté après-demain sans rémission (1). Vous voyez qu'un vol de plus ou de moins ne changera rien à son affaire. Plût à Dieu qu'il n'eût que volé ! mais il a commis plusieurs meurtres, tous plus horribles les uns que les autres.

— Comment se nomme-t-il ?

— On le connaît dans le pays sous le nom de José Navarro, mais il a encore un autre nom basque, que ni vous ni moi ne prononcerons jamais. Tenez, c'est un homme à voir, et vous qui aimez à connaître les singularités du pays, vous ne devez pas négliger d'apprendre comment en Espagne les coquins sortent de ce monde. Il est en chapelle, et le père Martinez vous y conduira.

Mon dominicain insista tellement pour que je visse les apprêts du « petit pendement pien choli », que je ne pus m'en défendre. J'allai voir le prisonnier, muni d'un paquet de cigares qui, je l'espérais, devaient lui faire excuser mon indiscrétion.

On m'introduisit auprès de don José, au moment où il prenait son repas. Il me fit un signe de tête assez froid, et me remercia poliment du cadeau que je lui apportais. Après avoir compté les cigares du paquet que j'avais mis entre ses mains, il en choisit un certain nombre, et me rendit le reste, observant qu'il n'avait pas besoin d'en prendre davantage.

Je lui demandai si, avec un peu d'argent, ou par le crédit de mes amis, je pourrais obtenir

---

(1) En 1830, la noblesse jouissait encore de ce privilège. Aujourd'hui, sous le régime constitutionnel, les vilains ont conquis le droit au garrote.

quelque adoucissement à son sort. D'abord il haussa les épaules en souriant avec tristesse; bientôt, se ravisant, il me pria de faire dire une messe pour le salut de son âme.

— Voudriez-vous, ajouta-t-il timidement, voudriez-vous en faire dire une autre pour une personne qui vous a offensé?

— Assurément, mon cher, lui dis-je; mais personne, que je sache, ne m'a offensé en ce pays.

Il me prit la main et la serra d'un air grave. Après un moment de silence, il reprit :

— Oserai-je encore vous demander un service? Quand vous reviendrez dans votre pays, peut-être passerez-vous par la Navarre, au moins vous passerez par Vittoria, qui n'en est pas fort éloignée.

— Oui, lui dis-je, je passerai certainement par Vittoria; mais il n'est pas impossible que je me détourne pour aller à Pampelune, et, à cause de vous, je crois que je ferais volontiers ce détour.

— Eh bien! si vous allez à Pampelune, vous y verrez plus d'une chose qui vous intéressera... C'est une belle ville... Je vous donnerai cette médaille (il me montrait une petite médaille d'argent qu'il portait au cou), vous l'envelopperez dans du papier... il s'arrêta un instant pour maîtriser son émotion... et vous la remettrez ou vous la ferez remettre à une bonne femme dont je vous dirai l'adresse. — Vous direz que je suis mort, vous ne direz pas comment.

Je promis d'exécuter sa commission. Je le revis le lendemain, et je passai une partie de la journée avec lui. C'est de sa bouche que j'ai appris les tristes aventures qu'on va lire.

III

JE suis né, dit-il, à Elizondo, dans la vallée de Baztan. Je m'appelle don José Lizzarrabengoa, et vous connaissez assez l'Espagne, monsieur, pour que mon nom vous dise aussitôt que je suis Basque et vieux chrétien. Si je prends le *don*, c'est que j'en ai le droit et si j'étais à Elizondo, je vous montrerais ma généalogie sur un parchemin. On voulait que je fusse d'église, et l'on me fit étudier, mais je ne profitais guère. J'aimais trop à jouer à la paume. c'est ce qui m'a perdu. Quand nous jouons à la paume, nous autres Navarrais, nous oublions tout. Un jour que j'avais gagné, un gars de l'Alava me chercha querelle; nous prîmes nos *maquilas* (1), et j'eus encore l'avantage; mais cela m'obligea de quitter le pays. Je rencontrai des dragons, et

je m'engageai dans le régiment d'Almanza, cavalerie. Les gens de nos montagnes apprennent vite le métier militaire. Je devins bientôt brigadier, et on me promettait de me faire maréchal-deslogis, quand, pour mon malheur, on me mit de garde à la manufacture de tabacs à Séville. Si vous êtes allé à Séville, vous aurez vu ce grand bâtiment-là, hors des remparts, près du Guadalquivir. Il me semble en voir encore la porte et le corps de garde auprès. Quand ils sont de service, les Espagnols jouent aux cartes, ou dorment; moi, comme un franc Navarrais, je tâchais toujours de m'occuper. Je faisais une chaîne avec du fil de laiton, pour tenir mon épinglette. Tout d'un coup les camarades disent : Voilà la cloche qui sonne; les filles vont rentrer à l'ouvrage. Vous saurez, monsieur, qu'il y a bien quatre à cinq cents femmes occupées dans la manufacture. Ce sont elles qui roulent les cigares dans une grande salle, où les hommes n'entrent pas sans une permission du *Vingt-quatre* (1), parce qu'elles se mettent à leur aise, les jeunes surtout, quand il fait bien chaud. A l'heure où les ouvrières rentrent, après leur dîner, bien des jeunes gens vont les voir passer, et leur en content de toutes les couleurs. Il y a peu de ces demoiselles qui refusent une mantille de taffetas, et les amateurs, à cette

— *Compère, veux-tu me donner ta chaîne?* (p. 10).

---

(1) Bâtons ferrés des Basques.

(1) Magistrat chargé de la police et de l'administration municipale.

pêche-là, n'ont qu'à se baisser pour prendre le poisson. Pendant que les autres regardaient, moi, je restais sur mon banc, près de la porte. J'étais jeune alors; je pensais toujours au pays, et je ne croyais pas qu'il y eût de jolies filles sans jupes bleues et sans nattes tombant sur les épaules (1). D'ailleurs, les Andalouses me faisaient peur; je n'étais pas encore fait à leurs manières : toujours à railler, jamais un mot de raison. J'étais donc le nez sur ma chaîne, quand j'entends des bourgeois qui disaient : Voilà la gitanilla ! Je levai les yeux, et je la vis. C'était un vendredi; et je ne l'oublierai jamais. Je vis cette Carmen que vous connaissez, chez qui je vous ai rencontré il y a quelques mois.

Elle avait un jupon rouge fort court qui laissait voir des bas de soie blancs avec plus d'un trou, et des souliers mignons de maroquin rouge attachés avec des rubans couleur de feu. Elle écartait sa mantille afin de montrer ses épaules et un gros bouquet de cassie qui sortait de sa chemise. Elle avait encore une fleur de cassie dans le coin de la bouche, et elle s'avançait en se balançant sur ses hanches comme une pouliche du haras de Cordoue. Dans mon pays, une femme en ce costume aurait obligé le monde à se signer. A Séville, chacun lui adressait quelque compliment gaillard sur sa tournure; elle répondait à chacun, faisant les yeux en coulisse, le poing sur la hanche, effrontée comme une vraie bohémienne qu'elle était. D'abord elle ne me plut pas, et je repris mon ouvrage; mais elle, suivant l'usage des femmes et des chats qui ne viennent pas quand on les appelle et qui viennent quand on ne les appelle pas, s'arrêta devant moi et m'adressa la parole :

— Compère, me dit-elle à la façon andalouse, veux-tu me donner ta chaîne pour tenir les clefs de mon coffre-fort ?

— C'est pour attacher mon épinglette, lui répondis-je.

— Ton épinglette ! s'écria-t-elle en riant. Ah ! monsieur fait de la dentelle, puisqu'il a besoin d'épingles !

Tout le monde qui était là se mit à rire, et moi je me sentais rougir, et je ne pouvais trouver rien à lui répondre.

— Allons, mon cœur, reprit-elle, fais-moi sept aunes de dentelle noire pour ma mantille, épinglier de mon âme !

Et prenant la fleur de cassie qu'elle avait à la bouche, elle me la lança, d'un mouvement du pouce, juste entre les deux yeux. Monsieur, cela me fit l'effet d'une balle qui m'arrivait... Je ne savais où me fourrer, je demeurais immobile comme une planche. Quand elle fut entrée dans la manufacture, je vis la fleur de cassie qui était

tombée à terre entre mes pieds; je ne sais ce qui me prit, mais je la ramassai sans que mes camarades s'en aperçussent et je la mis précieusement dans ma veste. Première sottise !

Deux ou trois heures après, j'y pensais encore, quand arrive dans le corps de garde un portier tout haletant, la figure renversée. Il nous dit que dans la grande salle des cigares il y avait une femme assassinée, et qu'il fallait y envoyer la garde. Le maréchal me dit de prendre deux hommes et d'y aller voir. Je prends mes deux hommes et je monte. Figurez-vous, monsieur, qu'entré dans la salle je trouve d'abord trois cents femmes en chemise, ou peu s'en faut, toutes criant, hurlant, gesticulant, faisant un vacarme à ne pas entendre Dieu tonner. D'un côté, il y en avait une, les quatre fers en l'air, couverte de sang, avec un X sur la figure qu'on venait de lui marquer en deux coups de couteau. En face de la blessée, que secouraient les meilleures de la bande, je vois Carmen tenue par cinq ou six commères. La femme blessée criait : Confession ! confession ! je suis morte ! Carmen ne disait rien; elle serrait les dents, et roulait des yeux comme un caméléon. « Qu'est-ce que c'est ? » demandai-je. J'eus grand'peine à savoir ce qui s'était passé, car toutes les ouvrières me parlaient à la fois. Il paraît que la femme blessée s'était vantée d'avoir assez d'argent en poche pour acheter un âne au marché de Triana. « Tiens, dit Carmen qui avait une langue, tu n'as donc pas assez d'un balai ? » L'autre, blessée du reproche, peut-être parce qu'elle se sentait véreuse sur l'article, lui répond qu'elle ne se connaissait pas en balais, n'ayant pas l'honneur d'être bohémienne ni filleule de Satan, mais que Mlle Carmencita ferait bientôt connaissance avec son âne, quand M. le corrégidor la mènerait à la promenade avec deux laquais par derrière pour l'émoucher. « Eh bien, moi, dit Carmen, je te ferai des abreuvoirs à mouches sur la joue, et je veux y peindre un damier (1). » Là-dessus, vli vlan ! elle commence, avec le couteau dont elle coupait le bout des cigares, à lui dessiner des croix de Saint-André sur la figure.

Le cas était clair; je pris Carmen par le bras : « Ma sœur, lui dis-je poliment, il faut me suivre. » Elle me lança un regard comme si elle me reconnaissait; mais elle dit d'un air résigné : — Marchons. Où est ma mantille ? — Elle la mit sur sa tête de façon à ne montrer qu'un seul de ses grands yeux, et suivit mes deux hommes, douce comme un mouton. Arrivés au corps de garde, le maréchal des logis dit que c'était grave, et qu'il fallait la mener à la prison. C'était encore moi qui devais la conduire. Je la mis entre deux dragons, et je marchai derrière comme un brigadier

<hr>

(1) Costume ordinaire des paysannes de la Navarre et des provinces basques.

(1) *Pintar un javeque*, peindre un chebec. Les chebecs espagnols ont, pour la plupart, leur bande peinte à carreaux rouges et blancs.

doit faire en semblable rencontre. Nous nous mîmes en route pour la ville. D'abord la bohémienne
avait gardé le silence; mais dans la rue du Serpent, — vous la connaissez, elle mérite bien son
nom par les détours qu'elle fait, — dans la rue
du Serpent, elle commence par laisser tomber sa
mantille sur ses épaules, afin de me montrer son
minois enjôleur, et, se tournant vers moi autant
qu'elle pouvait, elle me dit :

— Mon officier, où me menez-vous ?

— A la prison, ma pauvre enfant, lui répondis-
je le plus doucement que je pus, comme un bon
soldat doit parler à un prisonnier, surtout à une
femme.

— Hélas ! que deviendrai-je ? Seigneur officier,
ayez pitié de moi. Vous êtes si jeune, si gen-
til !... Puis, d'un ton plus bas : Laissez-moi m'é-
chapper, dit-elle, je vous donnerai un morceau
de la *bar lachi*, qui vous fera aimer de toutes les
femmes.

« La *bar lachi*, monsieur, c'est la pierre d'aimant, avec laquelle les bohémiens prétendent
qu'on fait quantité de sortilèges quand on sait
s'en servir. Faites-en boire à une femme une pin-
cée râpée dans un verre de vin blanc, elle ne
résiste plus.

Moi, je lui répondis le plus sérieusement que
je pus :

— Nous ne sommes pas ici pour dire des bali-
vernes; il faut aller à la prison, c'est la consigne,
et il n'y a pas de remède.

Nous autres, gens du pays basque, nous avons
un accent qui nous fait reconnaître facilement des
Espagnols; en revanche il n'y en a pas un qui
puisse seulement apprendre à dire *baï, jaona* (1).
Carmen donc n'eut pas de peine à deviner que je
venais des provinces. Vous saurez, monsieur, que
les bohémiens, comme n'étant d'aucun pays, voya-
geant toujours, parlent toutes les langues, et la
plupart sont chez eux en Portugal, en France,
dans les procinces, en Catalogne, partout; même
avec les Maures et les Anglais, ils se font entendre. Carmen savait bien le basque.

— *Laguna ene bihotsarena*, camarade de son
mon cœur, me dit-elle tout à coup, êtes-vous du
pays ?

« Notre langue, monsieur, est si belle, que,
lorsque nous l'entendons en pays étranger, cela
nous fait tressaillir... Je voudrais avoir un con-
fesseur des provinces, ajouta plus bas le bandit.

Il reprit après un silence :

— Je suis d'Elizondo, lui répondis-je, en basque, fort ému de l'entendre parler ma langue.

— Moi, je suis d'Etchalar, dit-elle. (C'est un
pays à quatre heures de chez nous.) J'ai été emmenée par des bohémiens à Séville. Je travaillais
à la manufacture pour gagner de quoi retourner

en Navarre, près de ma pauvre mère qui n'a que
moi pour soutien, et un petit *barratcea* (1) avec
vingt pommiers à cidre. Ah ! si j'étais au pays,
devant la montagne blanche ! On m'a insultée
parce que je ne suis pas de ce pays de filous,
marchands d'oranges pourries; et ces gueuses se
sont mises toutes contre moi, parce que je leur ai
dit que tous leurs *jacques* (2) de Séville, avec leurs
couteaux, ne feraient pas peur à un gars de chez
nous avec son béret bleu et son *maquila*. Camarade, mon ami, ne ferez-vous rien pour une
payse ?

Elle mentait, monsieur, elle a toujours menti.
Je ne sais pas si dans sa vie cette fille-là a jamais
dit un mot de vérité; mais quand elle parlait, je
la croyais : c'était plus fort que moi. Elle estro-
piait le basque, et je la crus Navarraise; ses yeux
seuls et sa bouche et son teint la disaient bohémienne. J'étais fou, je ne faisais plus attention à
rien. Je pensais que, si des Espagnols s'étaient
avisés de mal parler du pays, je leur aurais coupé
la figure, tout comme elle venait de faire à sa
camarade. Bref, j'étais comme un homme ivre; je
commençais à dire des bêtises, j'étais tout près
d'en faire.

— Si je vous poussais, et si vous tombiez, mon
pays, reprit-elle en basque, ce ne seraient pas ces
deux conscrits de Castillans qui me retiendraient...

Ma foi, j'oubliai la consigne et tout, et je lui
dis :

— Eh bien, m'amie, ma payse, essayez, et que
Notre-Dame de la Montagne vous soit en aide !

En ce moment, nous passions devant une de
ces ruelles étroites comme il y en a tant à Séville.
Tout à coup Carmen se retourne et me lance un
coup de poing dans la poitrine. Je me laissai tomber exprès à la renverse. D'un bond, elle saute
par-dessus moi et se met à courir en nous montrant une paire de jambes !... On dit jambes de
Basque : les siennes en valaient bien d'autres..
aussi vite que bien tournées. Moi, je me relève
aussitôt; mais je mets ma lance (3) en travers, de
façon à barrer la rue, si bien que, de prime abord,
les camarades furent arrêtés au moment de la
poursuivre. Puis je me mis moi-même à courir,
et eux après moi; mais l'atteindre ! Il n'y avait
pas de risque, avec nos éperons, nos sabres et
nos lances ! En moins de temps que je n'en mets
à vous le dire, la prisonnière avait disparu. D'ailleurs, toutes les commères du quartier favorisaient
sa fuite, et se moquaient de nous, et nous indi-
quaient la fausse voie. Après plusieurs marches
et contre-marches, il fallut nous en revenir au
corps de garde sans un reçu du gouverneur de la
prison.

____

(1) Oui, monsieur.

____

(1) Enclos, jardin.
(2) Braves, fanfarons.
(3) Toute la cavalerie espagnole est armée de lances.

Mes hommes, pour n'être pas punis, dirent que Carmen m'avait parlé basque; et il ne paraissait pas trop naturel, pour dire la vérité, qu'un coup de poing d'une tant petite fille eût terrassé si facilement un gaillard de ma force. Tout cela parut louche ou plutôt trop clair. En descendant la garde, je fus dégradé, et envoyé pour un mois à la prison. C'était ma première punition depuis que j'étais au service. Adieu les galons de maréchal des logis que je croyais déjà tenir !

Mes premiers jours de prison se passèrent fort tristement. En me faisant soldat, je m'étais figuré que je deviendrais tout au moins officier. Longa, Mina, mes compatriotes, sont bien capitaines généraux; Chapalangarra, qui est un négro comme Mina, et réfugié comme lui dans votre pays, Chapalangarra était colonel, et j'ai joué à la paume vingt fois avec son frère, qui était un pauvre diable comme moi. Maintenant je me disais : « Tout le temps que tu as servi sans punition, c'est du temps perdu. Te voilà mal noté; pour te remettre bien dans l'esprit des chefs, il te faudra travailler dix fois plus que lorsque tu es venu comme conscrit ! Et pourquoi me suis-je fait punir ? Pour une coquine de bohémienne qui s'est moquée de toi, et qui, dans ce moment, est à voler dans quelque coin de la ville. Pourtant je ne pouvais m'empêcher de penser à elle. Le croiriez-vous, monsieur ? ses bas de soie troués qu'elle me faisait voir tout en plein en s'enfuyant, je les avais toujours devant les yeux. Je regardais par les barreaux de la prison dans la rue, et, parmi toutes les femmes qui passaient, je n'en voyais pas une seule qui valût cette diable de fille-là: Et puis, malgré moi, je sentais la fleur de cassie qu'elle m'avait jetée, et qui, sèche, gardait toujour sa bonne odeur... S'il y a des sorcières, cette fille-là en était une !

Un jour, le geôlier entre, et me donne un pain d'Alcalá (1).

— Tenez, me dit-il, voilà ce que votre cousine vous envoie.

Je pris le pain, fort étonné, car je n'avais pas de cousine à Séville. C'est peut-être une erreur, pensai-je en regardant le pain; mais il était si appétissant, il sentait si bon, que, sans m'inquiéter de savoir d'où il venait et à qui il était destiné, je résolus de le manger. En voulant le couper, mon couteau rencontra quelque chose de dur. Je regarde, et je trouve une petite lime anglaise qu'on avait glissée dans la pâte avant que le pain fût cuit. Il y avait encore dans le pain une pièce d'or et deux piastres. Plus de doute alors, c'était un cadeau de Carmen. Pour les gens de sa race, la liberté est tout, et ils

mettraient le feu à une ville pour s'épargner un jour de prison. D'ailleurs, la commère était fine, et avec ce pain-là on se moquait des geôliers. En une heure, le plus gros barreau était scié avec la petite lime, et avec la pièce de deux piastres, chez le premier fripier, je changeais ma capote d'uniforme pour un habit bourgeois. Vous pensez bien qu'un homme qui avait déniché maintes fois des aiglons dans nos rochers ne s'embarrassait guère de descendre dans la rue, d'une fenêtre haute de moins de trente pieds; mais je ne voulais pas m'échapper. J'avais encore mon honneur de soldat, et déserter me semblait un grand crime. Seulement, je fus touché de cette marque de souvenir. Quand on est en prison, on aime à penser qu'on a dehors un ami qui s'intéresse à vous. La pièce d'or m'offusquait un peu, j'aurais bien voulu la rendre; mais où trouver mon créancier ? Cela ne me semblait pas facile.

Après la cérémonie de la dégradations, je croyais n'avoir plus rien à souffrir; mais il me restait encore une humiliation à dévorer : ce fut à ma sortie de prison, lorsqu'on me commanda de service et qu'on me mit en faction comme un simple soldat. Vous ne pouvez vous figurer ce qu'un homme de cœur éprouve en pareille occasion. Je crois que j'aurais aimé autant à être fusillé. Au moins on marche seul, en avant de son peloton; on se sent quelque chose; le monde vous regarde.

Je fus mis en faction à la porte du colonel. C'était un jeune homme riche, bon enfant, qui aimait à s'amuser. Tous les jeunes officiers étaient chez lui, et force bourgeois, des femmes aussi, des actrices, à ce qu'on disait. Pour moi, il me semblait que toute la ville s'était donné rendez-vous à sa porte pour me regarder. Voilà qu'arrive la voiture du colonel, avec son valet de chambre sur le siège. Qu'est-ce que je vois descendre ?... la gitanilla. Elle était parée, cette fois, comme une châsse, pomponnée, attifée, tout or et tout rubans. Une robe à paillettes, des souliers bleus à paillettes aussi, des fleurs et des galons partout. Elle avait un tambour de basque à la main. Avec elle il y avait deux autres bohémiennes, une jeune et une vieille. Il y a toujours une vieille pour les mener; puis un vieux avec une guitare, bohémien aussi, pour jouer et les faire danser. Vous savez qu'on s'amuse souvent à faire venir des bohémiennes dans les sociétés, afin de leur faire danser la *romalis*, c'est leur danse, et souvent bien autre chose.

Carmen me reconnut, et nous échangeâmes un regard. Je ne sais, mais, en ce moment, j'aurais voulu être à cent pieds sous terre.

— *Agur laguna* (1), dit-elle. Mon officier, tu montes la garde comme un conscrit !

____

(1) Alcalá de los Panaderos, à deux lieues de Séville, où l'on fait des petits pains délicieux. On prétend que c'est à l'eau d'Alcalá qu'ils doivent leur qualité et l'on en apporte tous les jours une grande quantité à Séville.

____

(1) Bonjour, camarade.

Et, avant que j'eusse trouvé un mot à répondre, elle était dans la maison.

Toute la société était dans le patio, et, malgré la foule, je voyais à peu près tout ce qui se passait à travers la grille (1). J'entendais les castagnettes, le tambour, les rires et les bravos; parfois j'apercevais sa tête quand elle sautait avec son tambour. Puis j'entendais encore des officiers qui lui disaient bien des choses qui me faisaient monter le rouge à la figure. Ce qu'elle répondait, je n'en savais rien. C'est de ce jour-là, je pense, que je me mis à l'aimer pour tout de bon; car l'idée me vint trois ou quatre fois d'entrer dans le patio, et de donner de mon sabre dans le ventre à tous ces freluquets qui lui contaient fleurettes. Mon supplice dura une bonne heure; puis les bohémiens sortirent, et la voiture les ramena. Carmen, en passant, me regarda encore avec les yeux que vous savez, et me dit très bas :

— Pays, quand on aime la bonne friture, on en va manger à Triana, chez Lillas Pastia.

Légère comme un cabri, elle s'élança dans la voiture, le cocher fouetta ses mules, et toute la bande joyeuse s'en alla je ne sais où.

Vous devinez bien qu'en descendant ma garde j'allai à Triana; mais d'abord je me fis raser et je me brossai comme pour un jour de parade. Elle était chez Lillas Pastia, un vieux marchand de friture, bohémien, noir comme un Maure, chez qui beaucoup de bourgeois venaient manger du poisson frit, surtout, je crois, depuis que Carmen y avait pris ses quartiers.

— Lillas, dit-elle sitôt qu'elle me vit, je ne fais plus rien de la journée. Demain il fera jour (2) ! Allons, pays, allons nous promener.

Elle mit sa mantille devant son nez, et nous voilà dans la rue, sans savoir où j'allais.

— Mademoiselle, lui dis-je, je crois que j'ai à vous remercier d'un présent que vous m'avez envoyé quand j'étais en prison. J'ai mangé le pain; la lime me servira pour affiler ma lance, et je la garde comme souvenir de vous; mais l'argent, le voilà.

— Tiens! Il a gardé l'argent, s'écria-t-elle en éclatant de rire. Au reste tant mieux, car je ne suis guère en fonds; mais qu'importe? chien qui chemine ne meurt pas de famine (3). Allons, mangeons tout. Tu me régales.

Nous avions repris le chemin de Séville. A

l'entrée de la rue du Serpent, elle acheta une douzaine d'oranges, qu'elle me fit mettre dans mon mouchoir. Un peu plus loin, elle acheta encore un pain, du saucisson, une bouteille de mazanilla; puis enfin elle entra chez un confiseur. Là, elle jeta sur le comptoir la pièce d'or que je lui avais rendue, une autre encore qu'elle avait dans sa poche, avec quelque argent blanc; enfin elle me demanda tout ce que j'avais. Je n'avais qu'une piécette et quelques cuartos, que je lui donnai, fort honteux de n'avoir pas davantage. Je

— *Tu es mon « rom », je suis ta « romi »* (p. 14).

crus qu'elle voulait emporter toute la boutique. Elle prit tout ce qu'il y avait de plus beau et de plus cher, *yemas* (1), *turon* (2), fruits confits, tant que l'argent dura. Tout cela, il fallut encore que je le portasse dans des sacs de papier. Vous connaissez peut-être la rue du Candilejo, où il y a une tête du roi don Pedro le Justicier (3). Elle

----

(1) La plupart des maisons de Séville ont une cour intérieure entourée de portiques. On s'y tient en été. Cette cour est couverte d'une toile qu'on arrose pendant le jour et qu'on retire le soir. La porte de la rue est presque toujours ouverte, et le passage qui conduit à la cour, *zaguan*, est fermé par une grille en fer très élégamment ouvragée.

(2) *Manana sera oto dia.* — Proverbe espagnol.

(3)

     Chuquel sos pirela.
     Cocal terela

Chien qui marche, os trouve. — Proverbe bohémien.

----

(1) Jaunes d'œufs sucrés.

(2) Espèce de nougat.

(3) Le roi don Pèdre, que nous nommons *le Cruel*, et que la reine Isabelle la Catholique n'appelait jamais que *le Justicier*, aimait à se promener le soir dans les rues de Séville, cherchant les aventures, comme le calife Haroûn-al-Raschid. Certaine nuit, il se prit de querelle, dans une rue écartée, avec un homme qui donnait une sérénade. On se battit, et le roi tua le cavalier amoureux. Au bruit des épées, une vieille femme mit la tête à la fenêtre, et éclaira la scène avec la petite lampe, *candilejo*, qu'elle tenait à la main. Il faut savoir que le roi don Pèdre, d'ailleurs leste et vigoureux, avait un défaut de conformation singulier. Quand il marchait, ses rotules craquaient fortement. La vieille, à ce craquement, n'eut pas de peine à le reconnaître. Le lendemain, le Vingt-quatre en charge vint faire son rapport au roi. « Sire, on s'est battu en duel, cette nuit, dans telle

aurait dû m'inspirer des réflexions. Nous nous arrêtâmes, dans cette rue-là, devant une vieille maison. Elle entra dans l'allée, et frappa au rez-de-chaussée. Une bohémienne, vraie servante de Satan, vint nous ouvrir. Carmen lui dit quelques mots en romani. La vieille grogna d'abord. Pour l'apaiser, Carmen lui donna deux oranges et une poignée de bonbons et lui permit de goûter au vin. Puis elle lui mit sa mante sur le dos et la conduisit à la porte, qu'elle ferma avec la barre de bois. Dès que nous fûmes seuls, elle se mit à danser et à rire comme une folle, en chantant :

— Tu est mon *rom*, je suis ta *romi* (1).

Moi, j'étais au milieu de la chambre, chargé de toutes ses emplettes, ne sachant où les poser. Elle jeta tout par terre, et me sauta au cou en me disant :

— Je paye mes dettes, je paye mes dettes! c'est la loi des *Calés* (2) !

Ah! monsieur, cette journée-là, cette journée-là!... quand j'y pense, j'oublie celle de demain.

Le bandit se tut un instant; puis, après avoir rallumé son cigare, il reprit :

Nous passâmes ensemble toute la journée, mangeant, buvant, et le reste. Quand elle eut mangé des bonbons comme un enfant de six ans, elle en fourra des poignées dans la jarre d'eau de la vieille. « C'est pour lui faire du sorbet », disait-elle. Elle écrasait des yemas en les lançant contre la muraille. « C'est pour que les mouches nous laissent tranquilles », disait-elle... Il n'y a pas de tour ni de bêtise qu'elle ne fît. Je lui dis que je voudrais la voir danser; mais où trouver des castagnettes? Aussitôt elle prend la seule assiette de la vieille, la casse en morceaux, et la voilà qui danse la romalis en faisant claquer les morceaux de faïence aussi bien que si elle avait eu des castagnettes d'ébène ou d'ivoire. On ne s'ennuyait pas auprès de cette fille-là, je vous en

réponds. Le soir vint, et j'entendis les tambours qui battaient la retraite.

— Il faut que j'aille au quartier pour l'appel, lui dis-je.

— Au quartier? dit-elle d'un air de mépris; tu es donc un nègre, pour te laisser mener à la baguette? Tu es un vrai canari, d'habit et de caractère (1). Va, tu as un cœur de poulet.

Je restai, résigné d'avance à la salle de police. Le matin, ce fut elle qui parla la première de nous séparer.

— Écoute, Joseíto, dit-elle; t'ai-je payé? D'après notre loi, je ne te devais rien, puisque tu es un *payllo*; mais tu es un joli garçon, et tu m'as plu. Nous sommes quittes. Bonjour.

Je lui demandai quand je la reverrais.

— Quand tu seras moins niais, répondit-elle en riant. Puis, d'un ton plus sérieux : Sais-tu, mon fils, que je crois que je t'aime un peu? Mais cela ne peut durer. Chien et loup ne font pas longtemps bon ménage. Peut-être que, si tu prenais la loi d'Égypte, j'aimerais à devenir ta romi. Mais, ce sont des bêtises : cela ne se peut pas. Bah! mon garçon, crois-moi, tu en es quitte à bon compte. Tu as rencontré le diable, oui, le diable; il n'est pas toujours noir, et il ne t'a pas tordu le cou. Je suis habillée de laine, mais je ne suis pas mouton (2). Va mettre un cierge devant ta *majari* (3), elle l'a bien gagné. Allons, adieu encore une fois. Ne pense plus à Carmencita, ou elle te ferait épouser une veuve à jambes de bois (4).

En parlant ainsi, elle défaisait la barre qui fermait la porte, et une fois dans la rue elle s'enveloppa dans sa mantille et me tourna les talons.

Elle disait vrai. J'aurais été sage de ne plus penser à elle; mais, depuis cette journée dans la rue du Candilejo, je ne pouvais plus songer à autre chose. Je me promenais tout le jour, espérant la rencontrer. J'en demandais des nouvelles à la vieille et au marchand de friture. L'un et l'autre répondaient qu'elle était partie pour Laloro (5), c'est ainsi qu'ils appellent le Portugal. Probablement c'était d'après les instructions de Carmen qu'ils parlaient de la sorte, mais je ne tardai pas à savoir qu'ils mentaient. Quelques semaines après ma journée de la rue du Candilejo, je fus de faction à une des portes de la ville. A peu de distance de cette porte, il y avait une brèche qui s'était faite dans le mur d'enceinte; on y travaillait pendant le jour, et la nuit on y mettait un factionnaire pour empêcher les frau-

---

rue. Un des combattants est mort. — Avez-vous découvert le meurtrier? — Oui, sire. — Pourquoi n'est-il pas déjà puni? — Sire, j'attends vos ordres. — Exécutez la loi. » Or le roi venait de publier un décret portant que tout duelliste serait décapité, et que sa tête demeurerait exposée sur le lieu du combat. Le Vingt-quatre se tira d'affaire en homme d'esprit. Il fit scier la tête d'une statue du roi, et l'exposa dans une niche au milieu de la rue, théâtre du meurtre. Le roi et tous les Sévillans le trouvèrent fort bon. La rue prit son nom de la lampe de la vieille, seul témoin de l'aventure. — Voilà la tradition populaire. Zuniga raconte l'histoire un peu différemment. (Voir *Anales de Sevilla*, t. II, p. 136.) Quoi qu'il en soit, il existe encore à Séville une rue de Candilejo, et dans cette rue un buste de pierre qu'on dit être le portrait de don Pèdre. Malheureusement, ce buste est moderne. L'ancien était fort usé au xvii° siècle, et la municipalité d'alors le fit remplacer par celui qu'on voit aujourd'hui.

(1) *Rom*, mari; *romi*, femme.

(2) *Caló*; féminin, *calli*; pluriel, *cales*. Mot à mot : *noir*, — nom que les bohémiens se donnent dans leur langue.

---

(1) Les dragons espagnols sont habillés de jaune.

(2) Me dicas vriardá de jorpoy, bus ne sino braco. — Proverbe bohémien.

(3) La sainte. — La sainte Vierge.

(4) La potence qui est veuve du dernier pendu.

(5) La (terre) rouge.

deurs. Pendant le jour, je vis Lillas Pastia passer et repasser autour du corps de garde, et causer avec quelques-uns de mes camarades; tous le connaissent, et ses poissons et ses beignets encore mieux. Il s'approcha de moi et me demanda si j'avais des nouvelles de Carmen.

— Non, lui dis-je.

— Eh! bien, vous en aurez, compère.

Il ne se trompait pas. La nuit, je fus mis de faction à la brèche. Dès que le brigadier se fut retiré, je vis venir à moi une femme. Le cœur me disait que c'était Carmen. Cependant, je criai :

— Au large! On ne passe pas!

— Ne faites donc pas le méchant, me dit-elle en se faisant connaître à moi.

— Quoi! vous voilà, Carmen!

— Oui, mon pays. Parlons peu, parlons bien. Veux-tu gagner un douro? Il va venir des gens avec des paquets; laisse-les faire.

— Non, répondis-je. Je dois les empêcher de passer; c'est la consigne.

— La consigne! la consigne! Tu n'y pensais pas rue du Candilejo.

— Ah! répondis-je, tout bouleversé par ce seul souvenir, cela valait bien la peine d'oublier la consigne; mais je ne veux pas de l'argent des contrebandiers.

— Voyons, si tu ne veux pas d'argent, veux-tu que nous allions encore dîner chez la vieille Dorothée?

— Non! dis-je à moitié étranglé par l'effort que je faisais. Je ne puis pas.

— Fort bien. Si tu es si difficile, je sais à qui m'adresser. J'offrirai à ton officier d'aller chez Dorothée. Il a l'air d'un bon enfant, et il fera mettre en sentinelle un gaillard qui ne verra que ce qu'il faudra voir. Adieu, canari. Je rirai bien le jour où la consigne sera de te pendre.

J'eus la faiblesse de la rappeler, et je promis de laisser passer toute la bohème, s'il le fallait, pourvu que j'obtinsse la seule récompense que je désirais. Elle me jura aussitôt de me tenir parole dès le lendemain, et courut prévenir ses amis, qui étaient à deux pas. Il y en avait cinq, dont était Pastia, tous bien chargés de marchandises anglaises. Carmen faisait le guet. Elle devait avertir avec ses castagnettes dès qu'elle apercevrait la ronde, mais elle n'en eut pas besoin. Les fraudeurs firent leur affaire en un instant.

Le lendemain, j'allai rue Candilejo. Carmen se fit attendre, et vint d'assez mauvaise humeur.

— Je n'aime pas les gens qui se font prier, dit-elle. Tu m'as rendu un plus grand service la première fois, sans savoir si tu y gagnerais quelque chose. Hier, tu as marchandé avec moi. Je ne sais pas pourquoi je suis venue, car je ne t'aime plus. Tiens, va-t-en, voilà un douro pour ta peine.

Peu s'en fallut que je ne lui jetasse la pièce à la tête, et je fus obligé de faire un effort sur moi-même pour ne pas la battre. J'errai quelque temps par la ville, marchant deçà et delà comme un fou; enfin j'entrai dans une église, et m'étant mis dans le coin le plus obscur, je pleurai à chaudes larmes. Tout d'un coup j'entends une voix :

— Larmes de dragon! j'en veux faire un philtre.

Je lève les yeux, c'était Carmen en face de moi.

— Eh bien, mon pays, m'en voulez-vous encore? me dit-elle. Il faut bien que je vous aime, malgré que j'en aie, car, depuis que vous m'avez quittée, je ne sais ce que j'ai. Voyons, maintenant, c'est moi qui te demande si tu veux venir rue du Candilejo.

Nous fîmes donc la paix; mais Carmen avait l'humeur comme est le temps chez nous. Jamais l'orage n'est si près dans nos montagnes que lorsque le soleil est le plus brillant. Elle m'avait promis de me revoir une autre fois chez Dorothée, et elle ne vint pas. Et Dorothée me dit de plus belle qu'elle était allée à Laloro pour les affaires d'Égypte.

Sachant déjà par expérience à quoi m'en tenir là-dessus, je cherchais Carmen partout où je croyais qu'elle pouvait être, et je passais vingt fois par jour dans la rue du Candilejo. Un soir, j'étais chez Dorothée, que j'avais presque apprivoisée en lui payant de temps à autre quelque verre d'anisette, lorsque Carmen entra suivie d'un jeune homme, lieutenant dans notre régiment.

Je restai stupéfait, la rage dans le cœur.

— Qu'est-ce que tu fais ici? me dit le lieutenant. Décampe, hors d'ici!

Je ne pouvais faire un pas; j'étais comme perclus. L'officier, en colère, voyant que je ne me retirais pas, et que je n'avais même pas ôté mon bonnet de police, me prit au collet et me secoua rudement. Je ne sais ce que je lui dis. Il tira son épée, et je dégainai. La vieille me saisit le bras, et le lieutenant me donna un coup au front, dont je porte encore la marque. Je reculai, et d'un coup de coude je jetai Dorothée à la renverse; puis, comme le lieutenant me poursuivait, je lui mis la pointe au corps, et il s'enferra. Carmen alors éteignit la lampe, et dit dans sa langue à Dorothée de s'enfuir. Moi-même je me sauvais dans la rue, et me mis à courir sans savoir où. Il me semblait que quelqu'un me suivait. Quand je revins à moi, je trouvai que Carmen ne m'avait pas quitté.

— Grand niais de canari! me dit-elle, tu ne sais faire que des bêtises. Aussi bien, je te l'ai dit que je te porterais malheur. Allons, il y a remède à tout, quand on a pour bonne amie une Flamande de Rome (1). Commence à mettre ce mouchoir sur ta tête, et jette-moi ce ceinturon. Attends-moi dans cette allée. Je reviens dans deux minutes.

Elle disparut, et me rapporta bientôt une mante rayée qu'elle était allée chercher je ne sais où. Elle me fit quitter mon uniforme, et mettre la mante par-dessus ma chemise. Ainsi accoutré, avec le mouchoir dont elle avait bandé la plaie que j'avais à la tête, je ressemblais assez à un paysan valencien, comme il y en a à Séville, qui viennent vendre leur orgeat de *chufas* (2). Puis elle me mena dans une maison assez semblable à celle de Dorothée, au fond d'une petite ruelle. Elle et une autre bohémienne me lavèrent, me pansèrent mieux que n'eût pu le faire un chirurgien-major, me firent boire je ne sais quoi; enfin, on me mit sur un matelas, et je m'endormis.

Probablement ces femmes avaient mêlé dans ma boisson quelques-unes de ces drogues assoupissantes dont elles ont le secret, car je ne m'éveillai que fort tard le lendemain. J'avais un grand mal de tête et un peu de fièvre. Il fallut quelque temps pour que le souvenir me revînt de la terrible scène où j'avais pris part la veille. Après avoir pansé ma plaie, Carmen et son amie, accroupies toutes les deux sur les talons auprès de mon matelas, échangèrent quelques mots de *chipe calli*, qui paraissaient être une consultation médicale. Puis toutes les deux m'assurèrent que je serais guéri avant peu, mais qu'il fallait quitter Séville le plus tôt possible; car, si l'on m'y attrapait, j'y serais fusillé sans rémission.

— Mon garçon, me dit Carmen, il faut que tu fasses quelque chose; maintenant que le roi ne te donne plus ni riz ni merluche (3), il faut que tu songes à gagner ta vie. Tu es trop bête pour voler *à pesetas* (4); mais tu es leste et fort : si tu as du cœur, va-t'en à la côte, et fais-toi contrebandier. Ne t'ai-je pas promis de te faire pendre? Cela vaut mieux que d'être fusillé. D'ailleurs, si tu sais t'y prendre, tu vivras comme un prince, aussi longtemps que les minons (5) et les gardes-côtes ne te mettront pas la main au collet.

Ce fut de cette façon engageante que cette diable de fille me montra la nouvelle carrière qu'elle me destinait, la seule, à vrai dire, qui me restât, maintenant que j'avais encouru la peine de mort. Vous le dirai-je, monsieur? elle me détermina

sans beaucoup de peine. Il me semblait que je m'unissais à elle plus intimement par cette vie de hasards et de rébellion. Désormais je crus m'assurer son amour. J'avais entendu souvent parler de quelques contrebandiers qui parcouraient l'Andalousie, montés sur un bon cheval, l'espingole au poing, leur maîtresse en croupe. Je me voyais déjà trottant par monts et par vaux avec la gentille bohémienne derrière moi. Quand je lui parlais de cela, elle riait à se tenir les côtes, et me disait qu'il n'y a rien de si beau qu'une nuit passée au bivouac, lorsque chaque rom se retire avec sa romi sous sa petite tente formée de trois cerceaux, avec une couverture par-dessus.

— Si je te tiens jamais dans la montagne, lui disais-je, je serai sûr de toi! Là, il n'y a pas de lieutenant pour partager avec moi.

— Ah! tu es jaloux, répondait-elle. Tant pis pour toi. Comment es-tu assez bête pour cela? Ne vois-tu pas que je t'aime, puisque je ne t'ai jamais demandé d'argent?

Lorsqu'elle parlait ainsi, j'avais envie de l'étrangler.

Pour le faire court, monsieur, Carmen me procura un habit bourgeois, avec lequel je sortis de Séville sans être reconnu. J'allai à Jerez avec une lettre de Pastia pour un marchand d'anisette chez qui se réunissaient des contrebandiers. On me présenta à ces gens-là, dont le chef, surnommé le Dancaïre, me reçut dans sa troupe. Nous partîmes pour Gaucin, où je retrouvai Carmen, qui m'y avait donné rendez-vous. Dans les expéditions, elle servait d'espion à nos gens, et de meilleur il n'y en eut jamais. Elle revenait de Gibraltar, et déjà elle avait arrangé avec un patron de navire l'embarquement de marchandises anglaises que nous devions recevoir sur la côte. Nous allâmes les attendre près d'Estepona, puis nous en cachâmes une partie dans la montagne; chargés du reste, nous nous rendîmes à Ronda. Carmen nous y avait précédés. Ce fut elle encore qui nous indiqua le moment où nous entrerions en ville. Ce premier voyage et quelques autres après furent heureux. La vie de contrebandier me plaisait mieux que la vie de soldat; je faisais des cadeaux à Carmen. J'avais de l'argent et une maîtresse. Je n'avais guère de remords, car, comme disent les bohémiens : Gale avec plaisir ne démange pas (1). Pourtant nous étions bien reçus; mes compagnons me traitaient bien, et même me témoignaient de la considération. La raison, c'était que j'avais tué un homme et parmi eux il y en avait qui n'avaient pas un pareil exploit sur la conscience. Mais ce qui me touchait davantage dans ma nouvelle vie, c'est que je voyais souvent Carmen. Elle me montrait plus d'amitié que jamais; cependant, devant les camarades, elle ne

---

(1) *Flamenco de Roma.* Terme d'argot qui désigne les bohémiennes. *Roma* ne veut pas dire ici la ville éternelle, mais la nation des Romi ou des *gens mariés*, nom que se donnent les bohémiens. Les premiers qu'on vit en Espagne venaient probablement des Pays-Bas, d'où est venu leur nom de *Flamands.*

(2) Racine bulbeuse dont on fait une boisson assez agréable.

(3) Nourriture ordinaire du soldat espagnol.

(4) *Ustilar à pastesas*, voler avec adresse, dérober sans violence.

(5) Espèce de corps franc.

---

(1) Sarapia sat pesquital ne punzava.

Je me sentais plus fort qu'un géant (p. 20).

convenait pas qu'elle était ma maîtresse; et même, elle m'avait fait jurer par toutes sortes de serments de ne rien leur dire sur son compte. J'étais si faible devant cette créature, que j'obéissais à tous ses caprices. D'ailleurs, c'était la première fois qu'elle se montrait à moi avec la réserve d'une honnête femme, et j'étais assez simple pour croire qu'elle s'était véritablement corrigée de ses façons d'autrefois.

Notre troupe qui se composait de huit ou dix hommes, ne se réunissait guère que dans les moments décisifs, et d'ordinaire nous étions dispersés deux à deux, trois à trois, dans les villes et les villages. Chacun de nous prétendait avoir un métier : celui-ci était chaudronnier, celui-là maquignon; moi, j'étais marchand de merceries, mais je ne me montrais guère dans les gros endroits, à cause de ma mauvaise affaire de Séville. Un jour, ou plutôt une nuit, notre rendez-vous était au bas de Véger. Le Dancaïre et moi nous nous y trouvâmes avant les autres. Il paraissait fort gai.

— Nous allons avoir un camarade de plus, me dit-il. Carmen vient de faire un de ses meilleurs tours. Elle vient de faire échapper son rom qui était au presidio à Tarifa.

Je commençais déjà à comprendre le bohémien, que parlaient presque tous mes camarades, et ce mot de rom me causa un saisissement.

— Comment! son mari! elle est donc mariée? demandai-je au capitaine.

— Oui, répondit-il, à Garcia le Borgne, un bohémien aussi futé qu'elle. Le pauvre garçon était aux galères. Carmen a si bien embobeliné le chirurgien du presidio, qu'elle en a obtenu la liberté de son rom. Ah! cette fille-là vaut son pesant d'or. Il y a deux ans qu'elle cherche à le faire évader. Rien n'a réussi, jusqu'au moment où l'on s'est avisé de changer le majoé. Avec celui-ci, il paraît qu'elle a trouvé bien vite le moyen de s'entendre.

Vous vous imaginez le plaisir que me fit cette nouvelle. Je vis bientôt Garcia le Borgne; c'était bien le plus vilain monstre que la Bohême ait nourri : noir de peau et plus noir d'âme, c'était le plus franc scélérat que j'aie rencontré dans ma vie. Carmen vint avec lui; et, lorsqu'elle l'appelait son rom devant moi, il fallait voir les yeux qu'elle me faisait, et ses grimaces quand Garcia tournait la tête. J'étais indigné et je ne lui parlai pas de la nuit. Le matin nous avions fait nos ballots, et nous étions déjà en route, quand nous nous aperçûmes qu'une douzaine de cavaliers étaient à nos trousses. Les fanfarons Andalous, qui ne parlaient que de tout massacrer, firent aussitôt piteuse mine. Ce fut un sauve-qui-peut général. Le Dancaïre, Garcia, un joli garçon d'Ecija qui s'appelait le Remendado, et Carmen ne perdirent pas la tête. Le reste avait abandonné les mulets, et s'était jeté dans les ravins où les chevaux ne pouvaient les suivre. Nous ne pouvions conserver nos bêtes, et nous nous hâtâmes de défaire le meilleur de notre butin, et de le charger sur nos épaules, puis nous essayâmes de nous sauver au travers des rochers par les pentes les plus raides. Nous jetions nos ballots devant nous, et nous les suivions de notre mieux en glissant sur les talons. Pendant ce temps-là, l'ennemi nous canardait; c'était la première fois que j'entendais siffler les balles, et cela ne me fit pas grand'chose. Quand on est en vue d'une femme, il n'y a pas de mérite à se moquer de la mort. Nous nous échappâmes, excepté le pauvre Remendado, qui reçut un coup de feu dans les reins. Je jetai mon paquet, et j'essayai de le prendre.

— Imbécile! me cria Garcia, qu'avons-nous affaire d'une charogne? achève-le et ne perds pas les bas de coton.

— Jette-le! me criait Carmen.

La fatigue m'obligea de le déposer un moment à l'abri d'un rocher. Garcia s'avança, et lui lâcha son espingole dans la tête.

— Bien habile qui le reconnaîtrait maintenant, dit-il en regardant sa figure que douze balles avaient mise en morceaux.

Voilà, monsieur, la belle vie que j'ai menée. Le soir, nous nous trouvâmes dans un hallier, épuisés de fatigue, n'ayant rien à manger et ruinés par la perte de nos mulets. Que fit cet infernal Garcia? il tira un paquet de cartes de sa poche, et se mit à jouer avec le Dancaïre à la lueur d'un feu qu'ils allumèrent. Pendant ce temps-là, moi, j'étais couché, regardant les étoiles, pensant au Remendado, et me disant que j'aimerais autant être à sa place. Carmen était accroupie près de moi, et de temps en temps elle faisait un roulement de castagnettes en chantonnant. Puis, s'approchant comme pour me parler à l'oreille, elle m'embrassa, presque malgré moi, deux ou trois fois.

— Tu es le diable, lui disais-je.

— Oui, me répondait-elle.

Après quelques heures de repos, elle s'en fut à Gaucin, et le lendemain matin un petit chevrier vint nous porter du pain. Nous demeurâmes là tout le jour, et la nuit nous nous rapprochâmes de Gaucin. Nous attendions des nouvelles de Carmen. Rien ne venait. Au jour, nous voyons un muletier qui menait une femme bien habillée, avec un parasol, et une petite fille qui paraissait sa domestique. Garcia nous dit :

— Voilà deux mules et deux femmes que saint Nicolas nous envoie; j'aimerais mieux quatre mules; n'importe, j'en fais mon affaire!

Il prit son espingole et descendit vers le sentier en se cachant dans les broussailles. Nous le sui-

vions, le Dancaïre et moi, à peu de distance. Quand nous fûmes à portée, nous nous montrâmes et nous criâmes au muletier de s'arrêter. La femme, en nous voyant, au lieu de s'effrayer, et notre toilette aurait suffi pour cela, fait un grand éclat de rire.

— Ah! les *lillipendi* qui me prennent pour une *erani* (1).

C'était Carmen, mais si bien déguisée, que je ne l'aurais pas reconnue parlant une autre langue. Elle sauta en bas de sa mule, et causa quelque temps à voix basse avec le Dancaïre et Garcia, puis elle me dit :

— Canari, nous nous reverrons avant que tu sois pendu. Je vais à Gibraltar pour les affaires d'Egypte. Vous entendrez bientôt parler de moi.

Nous nous séparâmes après qu'elle nous eut indiqué un lieu où nous pourrions trouver un abri pour quelques jours. Cette fille était la providence de notre troupe. Nous reçûmes bientôt quelque argent qu'elle nous envoya, et un avis qui valait mieux pour nous : c'était que tel jour partiraient deux milords anglais, allant de Gibraltar à Grenade par tel chemin. A bon entendeur, salut. Ils avaient de belles et bonnes guinées. Garcia voulait les tuer, mais le Dancaïre et moi nous nous y opposâmes. Nous ne leur prîmes que l'argent et les montres, outre les chemises, dont nous avions grand besoin.

Monsieur, on devient coquin sans y penser. Une jolie fille vous fait perdre la tête, on se bat pour elle, un malheur arrive, il faut vivre à la montagne, et de contrebandier on devient voleur avant d'avoir réfléchi. Nous jugeâmes qu'il ne faisait pas bon pour nous dans les environs de Gibraltar après l'affaire des milords, et nous nous enfonçâmes dans la sierra de Ronda. — Vous m'avez parlé de José-Maria; tenez, c'est là que j'ai fait connaissance avec lui. Il menait sa maîtresse dans ses expéditions. C'était une jolie fille, sage, modeste, de bonnes manières; jamais un mot malhonnête, et un dévouement!... En revanche, il la rendait bien malheureuse. Il était toujours à courir après toutes les filles, il la malmenait, puis quelquefois il s'avisait de faire le jaloux. Une fois, il lui donna un coup de couteau. Eh bien, elle ne l'en aimait que davantage. Les femmes sont ainsi faites, les Andalouses surtout. Celle-là était fière de la cicatrice qu'elle avait au bras, et la montrait comme la plus belle chose du monde. Et puis José-Maria, par-dessus le marché, était le plus mauvais camarade!... Dans une expédition que nous fîmes, il s'arrangea si bien, que tout le profit lui en demeura, à nous les coups et l'embarras de l'affaire. Mais, je reprends mon histoire. Nous n'entendions plus parler de Carmen. Le Dancaïre dit :

---

(1) Les imbéciles qui me prennent pour une femme comme il faut.

— Il faut qu'un de nous aille à Gibraltar pour en avoir des nouvelles; elle doit avoir préparé quelque affaire. J'irais bien, mais je suis trop connu à Gibraltar.

Le Borgne dit :

— Moi aussi, on m'y connaît, j'y ai fait tant de farces aux Écrevisses (1)! et, comme je n'ai qu'un œil, je suis difficile à déguiser.

— Il faut donc que j'y aille ? dis-je à mon tour, enchanté à la seule pensée de revoir Carmen; voyons, que faut-il faire ?

Les autres me dirent :

— Fais tant que de t'embarquer ou de passer par Saint-Roc, comme tu aimeras le mieux, et, lorsque tu seras à Gibraltar, demande sur le port où demeure une marchande de chocolat qui s'appelle la Rollona; quand tu l'auras trouvée, tu sauras d'elle ce qui se passe là-bas.

Il fut convenu que nous partirions tous les trois pour la sierra de Gaucin, que j'y laisserais mes deux compagnons, et que je me rendrais à Gibraltar comme un marchand de fruits. A Ronda, un homme qui était à nous m'avait procuré un passeport; à Gaucin, on me donna un âne; je le chargeai d'oranges et de melons, et je me mis en route.

Arrivé à Gibraltar, je trouvai qu'on y connaissait bien la Rollona, mais elle était morte, ou elle était allée à *finibus terræ* (2), et sa disparition expliquait, à mon avis, comment nous avions perdu notre moyen de correspondre avec Carmen. Je mis mon âne dans une écurie, et, prenant mes oranges, j'allais par la ville, comme pour les vendre, mais, en effet, pour voir si je ne rencontrerais pas quelque figure de connaissance. Il y a là force canaille de tous les pays du monde, et c'est la tour de Babel, car on ne saurait faire dix pas dans une rue sans entendre parler autant de langues. Je voyais bien des gens d'Egypte, mais je n'osais guère m'y fier; je les tâtais, et ils me tâtaient. Nous devinions bien que nous étions des coquins; l'important était de savoir si nous étions de la même bande. Après deux jours passés en courses inutiles, je n'avais rien appris touchant la Rollona ni Carmen, et je pensais à retourner auprès de mes camarades après avoir fait quelques emplettes, lorsqu'en me promenant dans une rue, au coucher du soleil, j'entends une voix de femme d'une fenêtre qui me dit : « Marchand d'oranges !... » Je lève la tête, et je vois à un balcon, Carmen, accoudée avec un officier en rouge, épaulettes d'or, cheveux frisés, tournure d'un gros milord. Pour elle, elle était habillée superbement : un châle sur ses épaules, un peigne d'or, toute en soie; et la bonne pièce, toujours la même ! riait à se tenir les côtes. L'Anglais, en baragouinant

l'espagnol, me cria de monter, que madame voulait des oranges; et Carmen me dit en basque :

— Monte, et ne t'étonne de rien.

Rien, en effet, ne devait m'étonner de sa part. Je ne sais si j'eus plus de joie que de chagrin en la retrouvant. Il y avait à la porte un grand domestique anglais, poudré, qui me conduisit dans un salon magnifique. Carmen me dit aussitôt en basque :

— Tu ne sais pas un mot d'espagnol, tu ne me connais pas.

Puis, se tournant vers l'Anglais :

— Je vous le disais bien, je l'ai tout de suite reconnu pour un Basque; vous allez entendre quelle drôle de langue. Comme il a l'air bête, n'est-ce pas ? On dirait un chat surpris dans un garde-manger.

— Et toi, lui dis-je dans ma langue, tu as l'air d'une effrontée coquine, et j'ai bien envie de te balafrer la figure devant ton galant.

— Mon galant ! dit-elle, tiens, tu as deviné cela tout seul ? Et tu es jaloux de cet imbécile-là ? Tu es encore plus niais qu'avant nos soirées de la rue du Candilejo. Ne vois-tu pas, sot que tu es, que je fais en ce moment les affaires d'Egypte, et de la façon la plus brillante. Cette maison est à moi, les guinées de l'écrevisse seront à moi; je le mène par le bout du nez; je le mènerai d'où il ne sortira jamais.

— Et moi, lui dis-je, si tu fais encore les affaires d'Egypte de cette manière-là, je ferai si bien que tu ne recommenceras plus.

— Ah! oui-dà! Es-tu mon rom, pour me commander. Le Borgne le trouve bon; qu'as-tu à y voir ? Ne devrais-tu pas être bien content d'être le seul qui se puisse dire mon *minchorró* (1) ?

— Qu'est-ce qu'il dit ? demanda l'Anglais.

— Il dit qu'il a soif et qu'il boirait bien un coup, répondit Carmen.

Et elle se renversa sur un canapé en éclatant de rire à sa traduction.

Monsieur, quand cette fille-là riait, il n'y avait pas moyen de parler raison. Tout le monde riait avec elle. Ce grand Anglais se mit à rire aussi, comme un imbécile qu'il était, et ordonna qu'on m'apportât à boire.

Pendant que je buvais :

— Vois-tu cette bague qu'il a au doigt ? dit-elle; si tu veux, je te la donnerai.

Moi je répondis :

— Je donnerais un doigt pour tenir ton milord dans la montagne, chacun un maquila au poing.

— Maquila, qu'est-ce que cela veut dire ? demanda l'Anglais.

— Maquila, dit Carmen riant toujours, c'est une orange. N'est-ce pas un bien drôle de mot pour une orange ? Il dit qu'il voudrait vous faire manger du maquila.

---

(1) Nom que le peuple en Espagne donne aux Anglais à cause de la couleur de leur uniforme.

(2) Aux galères, ou bien à tous les diables.

---

(1) Mon amant, ou plutôt mon caprice.

— Oui ? dit l'Anglais. Eh bien ! apporte encore demain du maquila.

Pendant que nous parlions, le domestique entra et dit que le dîner était prêt. Alors l'Anglais se leva, me donna une piastre, et offrit son bras à Carmen, comme si elle ne pouvait pas marcher seule. Carmen riant toujours, me dit :

— Mon garçon, je ne puis t'inviter à dîner; mais demain, dès que tu entendras le tambour pour la parade, viens ici avec des oranges. Tu trouveras une chambre mieux meublée que celle de la rue du Candilejo, et tu verras si je suis toujours ta Carmencita. Et puis nous parlerons des affaires d'Egypte.

Je ne répondis rien, et j'étais dans la rue que l'Anglais me criait :

— Apportez demain du maquila ! et j'entendais les éclats de rire de Carmen.

Je sortis, ne sachant ce que je ferais, je ne dormis guère, et le matin je me trouvais si en colère contre cette traîtresse que j'avais résolu de partir de Gibraltar sans la revoir; mais, au premier roulement de tambour, tout mon courage m'abandonna; je pris ma natte d'oranges et je courus chez Carmen. Sa jalousie était entr'ouverte, et je vis son grand œil noir qui me guettait. Le domestique poudré m'introduisit aussitôt; Carmen lui donna une commission, et dès que nous fûmes seuls, elle partit d'un de ses éclats de rire de crocodile, et se jeta à mon cou. Je ne l'avais jamais vue si belle. Parée comme une madone, parfumée... des meubles de soie, des rideaux brodés... ah!... et moi fait comme un voleur que j'étais.

— Minchorrô ! disait Carmen, j'ai envie de tout casser ici, de mettre le feu à la maison et de m'enfuir à la sierra.

Et c'étaient des tendresses !... et puis des rires !... et elle dansait, et elle déchirait ses falbalas : jamais singe ne fit plus de gambades, de grimaces, de diableries. Quand elle eut repris son sérieux :

— Ecoute, me dit-elle, il s'agit de l'Egypte. Je veux qu'il me mène à Ronda, où j'ai une sœur religieuse... (Ici nouveaux éclats de rire.) Nous passons par un endroit que je te ferai dire. Vous tombez sur lui : pillé rasibus ! Le mieux serait de l'escoffier, mais, ajouta-t-elle avec un sourire diabolique qu'elle avait dans certains moments, et ce sourire-là, personne n'avait alors envie de l'imiter, — sais-tu ce qu'il faudrait faire ? Que le Borgne paraisse le premier. Tenez-vous un peu en arrière; l'écrevisse est brave et adroit : il a de bons pistolets... Comprends-tu ?...

Elle s'interrompit par un nouvel éclat de rire qui me fit frissonner.

— Non, lui dis-je : je hais Garcia, mais c'est mon camarade. Un jour peut-être je t'en débarrasserai, mais nous réglerons nos comptes à la façon de mon pays. Je ne suis Egyptien que par hasard; et pour certaines choses, je serai toujours franc Navarrais, comme dit le proverbe (1).

Elle reprit :

— Tu es une bête, un niais, un vrai *payllo*. Tu es comme le nain qui se croit grand quand il a pu cracher loin (2). Tu ne m'aimes pas, va-t'en.

Quand elle me disait : Va-t'en, je ne pouvais m'en aller. Je promis de partir, de retourner auprès de mes camarades et d'attendre l'Anglais; de son côté, elle me promit d'être malade jusqu'au moment de quitter Gibraltar pour Ronda. Je demeurai encore deux jours à Gibraltar. Elle eut l'audace de me venir voir déguisée dans mon auberge. Je partis; moi aussi j'avais mon projet. Je retournai à notre rendez-vous, sachant le lieu et l'heure où l'Anglais et Carmen devaient passer. Je trouvai le Dancaïre et Garcia qui m'attendaient. Nous passâmes la nuit dans un bois auprès d'un feu de pommes de pin qui flambait à merveille. Je proposai à Garcia de jouer aux cartes. Il accepta. A la seconde partie je lui dis qu'il trichait; il se mit à rire. Je lui jetai les cartes à la figure. Il voulut prendre son espingole; je mis le pied dessus, et je lui dis : « On dit que tu sais jouer du couteau comme le meilleur jacques de Malaga, veux-tu t'essayer avec moi ? » Le Dancaïre voulut nous séparer. J'avais donné deux ou trois coups de poing à Garcia. La colère l'avait rendu brave; il avait tiré son couteau, moi le mien. Nous dîmes tous les deux au Dancaïre de nous laisser place libre et franc jeu. Il vit qu'il n'y avait pas moyen de nous arrêter, et il s'écarta. Garcia était déjà ployé en deux comme un chat prêt à s'élancer contre une souris. Il tenait son chapeau de la main gauche pour parer, son couteau en avant. C'est leur garde andalouse. Moi, je me mis à la navarraise, droit en face de lui, le bras gauche levé, la jambe gauche en avant, le couteau le long de la cuisse droite. Je me sentais plus fort qu'un géant. Il se lança sur moi comme un trait; je tournai sur le pied gauche et il ne trouva plus rien devant lui; mais je l'atteignis à la gorge, et le couteau entra si avant, que ma main était sous son menton. Je retournai la lame si fort qu'elle se cassa. C'était fini. La lame sortit de la plaie lancée par un bouillon de sang gros comme le bras. Il tomba sur le nez raide comme un pieu.

— Qu'as-tu fait ? me dit le Dancaïre.

— Ecoute, lui dis-je : nous ne pouvions vivre ensemble. J'aime Carmen, et je veux être seul. D'ailleurs, Garcia était un coquin, et je me rappelle ce qu'il a fait au pauvre Remendado. Nous ne sommes plus que deux, mais nous sommes de

---

(1) *Navarro fino.*
(2) Or esorjié de or narsichilsé, sin chismar achinguel. — Proverbe bohémien.. La promesse d'un nain, c'est de cracher loin.

bons garçon. Voyons, veux-tu de moi pour ami, à la vie à la mort !

Le Dancaïre me tendit la main. C'était un homme de cinquante ans.

— Au diable les amourettes ! s'écria-t-il. Si tu lui avais demandé Carmen, il te l'aurait vendue pour une piastre. Nous ne sommes plus que deux ; comment ferons-nous demain ?

— Laisse-moi faire tout seul, lui répondis-je. Maintenant, je me moque du monde entier.

Nous enterrâmes Garcia, et nous allâmes placer notre camp deux cents pas plus loin. Le lendemain, Carmen et son Anglais passèrent avec deux muletiers et un domestique. Je dis au Dancaïre :

— Je me charge de l'Anglais. Fais peur aux autres, ils ne sont pas armés.

L'Anglais avait du cœur. Si Carmen ne lui eût poussé le bras, il me tuait. Bref, je reconquis Carmen en ce jour-là, et mon premier mot fut de lui dire qu'elle était veuve. Quand elle sut comment cela s'était passé :

— Tu seras toujours un *lillipendi !* me dit-elle. Garcia devait te tuer. Ta garde navarraise n'est qu'une bêtise, et il en a mis à l'ombre de plus habiles que toi. C'est que son temps était venu. Le tien viendra.

— Et le tien, répondis-je, si tu n'es pas pour moi une vraie romi.

— A la bonne heure, dit-elle ; j'ai vu plus d'une fois dans du marc de café que nous devions finir ensemble. Bah ! arrive qui plante !

Et elle fit claquer ses castagnettes, ce qu'elle faisait toujours quand elle voulait chasser quelque idée importune.

On s'oublie quand on parle de soi. Tous ces détails-là vous ennuient sans doute, mais j'ai bientôt fini. La vie que nous menions dura assez longtemps. Le Dancaïre et moi nous nous étions associés quelques camarades plus sûrs que les premiers, et nous nous occupions de contrebande, et aussi parfois, il faut bien l'avouer, nous arrêtions sur la grande route, mais à la dernière extrémité, et lorsque nous ne pouvions faire autrement. D'ailleurs, nous ne maltraitions pas les voyageurs, et nous nous bornions à leur prendre leur argent. Pendant quelques mois je fus content de Carmen ; elle continuait à nous être utile pour nos opérations, en nous avertissant des bons coups que nous pourrions faire. Elle se tenait, soit à Malaga, soit à Cordoue, soit à Grenade ; mais, sur un mot de moi, elle quittait tout, et venait me retrouver dans une venta isolée, ou même au bivouac. Une fois seulement, c'était à Malaga, elle me donna quelque inquiétude. Je sus qu'elle avait jeté son dévolu sur un négociant riche, avec lequel probablement elle se proposait de recommencer la plaisanterie de Gibraltar. Malgré tout ce que le Dancaïre put me dire pour

m'arrêter, je partis et j'entrai dans Malaga en plein jour, je cherchai Carmen, et je l'emmenai aussitôt. Nous eûmes une verte explication.

— Sais-tu, me dit-elle, que, depuis que tu es mon rom pour tout de bon, je t'aime moins que lorsque tu étais mon minchorró ? Je ne veux pas être tourmentée ni surtout commandée. Ce que je veux, c'est être libre et faire ce qui me plaît. Prends garde de me pousser à bout. Si tu m'ennuies, je trouverai quelque bon garçon qui te fera comme tu as fait au Borgne.

Le Dancaïre nous racommoda ; mais nous nous étions dit des choses qui nous restaient sur le cœur et nous n'étions plus comme auparavant. Peu après, un malheur nous arriva. La troupe nous surprit. Le Dancaïre fut tué, ainsi que deux de mes camarades ; deux autres furent pris. Moi, je fus grièvement blessé, et, sans mon bon cheval, je demeurais entre les mains des soldats. Exténué de fatigue, ayant une balle dans le corps, j'allai me cacher dans un bois avec le seul compagnon qui me restât. Je m'évanouis en descendant de cheval, et je crus que j'allais crever dans les broussailles comme un lièvre qui a reçu du plomb. Mon camarade me porta dans une grotte que nous connaissions, puis il alla chercher Carmen. Elle était à Grenade, et aussitôt elle accourut. Pendant quinze jours, elle ne me quitta pas d'un instant. Elle ne ferma pas l'œil ; elle me soigna avec une tendresse et des attentions que jamais femme n'a eues pour l'homme le plus aimé. Dès que je pus me tenir sur mes jambes, elle me mena à Grenade dans le plus grand secret. Les bohémiennes trouvent partout des asiles sûrs, et je passai plus de six semaines dans une maison à deux portes du corrégidor qui me cherchait. Plus d'une fois, regardant derrière un volet, je le vis passer. Enfin je me rétablis ; mais j'avais fait bien des réflexions sur mon lit de douleur, et je projetais de changer de vie. Je parlai à Carmen de quitter l'Espagne, et de chercher à vivre honnêtement dans le Nouveau Monde. Elle se moqua de moi.

— Nous ne sommes pas faits pour planter des choux, dit-elle ; notre destin à nous, c'est de vivre aux dépens des payllos. Tiens, j'ai arrangé une affaire avec Nathan ben-Joseph de Gibraltar. Il a des cotonnades qui n'attendent que toi pour passer. Il sait que tu es vivant. Il compte sur toi. Que diraient nos correspondants de Gibraltar, si tu leur manquais de parole ?

Je me laissai entraîner, et je repris mon vilain commerce.

Pendant que j'étais caché à Grenare, il y eut des courses de taureaux où Carmen alla. En revenant, elle parla beaucoup d'un picador très adroit nommé Lucas. Elle savait le nom de son cheval, et combien lui coûtait sa veste brodée. Je n'y fis pas attention. Juanito, le camarade qui m'était resté, me dit, quelques jours après, qu'il avait vu Carmen avec Lucas chez un marchand du Zacatin. Cela commença à m'alarmer. Je demandai à Carmen comment et pourquoi elle avait fait connaissance avec le picador.

— C'est un garçon, me dit-elle, avec qui on peut faire une affaire. Rivière qui fait du bruit a de l'eau ou des cailloux (1). Il a gagné douze cents réaux aux courses. De deux choses l'une : ou bien il faut avoir cet argent; ou bien, comme c'est un bon cavalier et un gaillard de cœur, on peut l'enrôler dans notre bande. Un tel et un tel sont morts, tu as besoin de les remplacer. Prends-le avec toi.

— Je ne veux, répondis-je, ni de son argent, ni de sa personne, et je te défends de lui parler.

— Prends garde, me dit-elle; lorsqu'on me défie de faire une chose, elle est bientôt faite!

Heureusement le picador partit pour Malaga, et moi, je me mis en devoir de faire entrer les cotonnades du juif. J'eus fort à faire dans cette expédition-là, Carmen aussi, et j'oubliai Lucas; peut-être aussi l'oublia-t-elle, pour le moment du moins. C'est vers ce temps, monsieur, que je vous rencontrai d'abord près de Montilla, puis après à Cordoue. Je ne vous parlerai pas de notre dernière entrevue. Vous en savez peut-être plus long que moi. Carmen vous vola votre montre; elle voulait encore votre argent, et surtout cette bague que je vois à votre doigt et qui, dit-elle, est un anneau magique qu'il lui importait beaucoup de posséder. Nous eûmes une violente dispute, et je la frappai. Elle pâlit et pleura. C'était la première fois que je la voyais pleurer, et cela me fit un effet terrible. Je lui demandai pardon, mais elle me bouda pendant tout un jour, et, quand je repartis pour Montilla, elle ne voulut pas m'embrasser. J'avais le cœur gros, lorsque, trois jours après, elle vint me trouver l'air riant et gaie comme un pinson. Tout était oublié, et nous avions l'air d'amoureux de deux jours. Au moment de nous séparer, elle me dit :

— Il y a une fête à Cordoue, je vais la voir, puis je saurai les gens qui s'en vont avec de l'argent, et je te le dirai.

Je la laissai partir. Seul, je pensai à cette fête et à ce changement d'humeur de Carmen. Il faut qu'elle se soit vengée déjà, me dis-je, puisqu'elle est revenue la première. Un paysan me dit qu'il y avait des taureaux à Cordoue. Voilà mon sang qui bouillonne, et, comme un fou, je pars, et je vais à la place. On me montra Lucas, et, sur le banc contre la barrière, je reconnus Carmen. Il me suffit de la voir une minute pour être sûr de mon fait. Lucas, au premier taureau, fit le joli cœur,

comme je l'avais prévu. Il arracha la cocarde (1) du taureau et la porta à Carmen, qui s'en coiffa sur-le-champ. Le taureau se chargea de me venger. Lucas fut culbuté avec son cheval sur la poitrine, et le taureau par-dessus tous les deux. Je regardai Carmen, elle n'était déjà plus à sa place. Il m'était impossible de sortir de celle où j'étais, et je fus obligé d'attendre la fin des courses. Alors j'allai à la maison que vous connaissez, et je m'y tins coi toute la soirée et une partie de la nuit. Vers deux heures du matin Carmen revint, et fut un peu surprise de me voir.

— Viens avec moi, lui dis-je.

— Eh bien ! dit-elle; partons !

J'allai prendre mon cheval, je la mis en croupe, et nous marchâmes tout le reste de la nuit sans nous dire un seul mot. Nous nous arrêtâmes au jour dans une venta isolée, assez près d'un petit ermitage. Là je dis à Carmen :

— Ecoute, j'oublie tout. Je ne te parlerai de rien; mais jure-moi une chose . c'est que tu vas me suivre en Amérique, et que tu t'y tiendras tranquille.

— Non, dit-elle d'un ton boudeur; je ne veux pas aller en Amérique. Je me trouve bien ici.

— C'est parce que tu es près de Lucas; mais songes-y bien, s'il guérit, ce ne sera pas pour faire des vieux os. Au reste, pourquoi m'en prendre à lui ? Je suis las de tuer tous tes amants; c'est toi que je tuerai.

Elle me regarda fixement de son regard sauvage, et me dit :

— J'ai toujours pensé que tu me tuerais. La première fois que je t'ai vu, je venais de rencontrer un prêtre à la porte de ma maison. Et cette nuit, en sortant de Cordoue, n'as-tu rien vu ? Un lièvre a traversé le chemin entre les pieds de ton cheval. C'est écrit.

— Carmencita, lui demandai-je, est-ce que tu ne m'aimes plus ?

Elle ne répondit rien. Elle était assise les jambes croisées sur une natte et faisait des traits par terre avec son doigt.

Je mis une piastre sur son banc.

— Changeons de vie, Carmen, lui dis-je d'un ton suppliant. Allons vivre quelque part où nous ne serons jamais séparés. Tu sais que nous avons, pas loin d'ici, sous un chêne, cent vingt onces enterrées... Puis, nous avons des fonds encore chez le juif ben-Joseph.

Elle se mit à sourire, et me dit :

— Moi d'abord, toi ensuite. Je sais que cela doit arriver ainsi.

— Réfléchis, repris-je; je suis au bout de ma

<hr>

(1) Len sos sonsi abela.
Pani o rebleudani terela. (Proverbe bohémien.)

(1) *La divisa*, nœud de rubans dont la couleur indique les pâturages d'où viennent les taureaux. Ce nœud est fixé dans la peau du taureau au moyen d'un crochet, et c'est le comble de la galanterie que de l'arracher à l'animal vivant, pour l'offrir à une femme.

patience et de mon courage; prends ton parti ou je prendrai le miens.

Je la quittai et j'allai me promener du côté de l'ermitage. Je trouvai l'ermite qui priait. J'attendis que sa prière fût finie; j'aurais bien voulu prier, mais je ne pouvais pas. Quand il se releva, j'allai à lui.

— Mon père, lui dis-je, voulez-vous prier pour quelqu'un qui est en grand péril?

— Je prie pour tous les affligés, dit-il.

— Pouvez-vous dire une messe pour une âme qui va peut-être paraître devant son Créateur?

— Oui, répondit-il en me regardant fixement.

Et, comme il y avait dans mon air quelque chose d'étrange, il voulut me faire parler :

— Il me semble que je vous ai vu, dit-il.

— Quand direz-vous la messe? lui demandai-je.

— Dans une demi-heure. Le fils de l'aubergiste de là-bas va venir la servir. Dites-moi, jeune homme, n'avez-vous pas quelque chose sur la conscience qui vous tourmente? voulez-vous écouter les conseils d'un chrétien?

Je me sentais près de pleurer. Je lui dis que je reviendrais, et je me sauvai. J'allai me coucher sur l'herbe jusqu'à ce que j'entendisse la cloche. Alors je m'approchai, mais je restai en dehors de la chapelle. Quand la messe fut dite, je retournai à la venta. J'espérais que Carmen se serait enfuie; elle aurait pu prendre mon cheval et se sauver, mais je le retrouvai. Elle ne voulait pas qu'on pût dire que je lui avais fait peur. Pendant mon absence, elle avait défait l'ourlet de sa robe pour en retirer le plomb. Maintenant, elle était devant une table, regardant dans une terrine pleine d'eau le plomb qu'elle avait fait fondre, et qu'elle venait d'y jeter. Elle était si occupée de sa magie qu'elle ne s'aperçut pas d'abord de mon retour. Tantôt elle prenait un morceau de plomb et le tournait de tous les côtés d'un air triste, tantôt elle chantait quelqu'une de ces chansons magiques où elles invoquent Marie Padilla, la maîtresse de don Pédro, qui fut, dit-on, la *Bari Cralisa*, ou la grande reine des Bohémiens (1) :

— Carmen, lui dis-je, voulez-vous venir avec moi?

Elle se leva, jeta sa sébile, et mit sa mantille sur sa tête comme prête à partir. On m'amena mon cheval, elle monta en croupe et nous nous éloignâmes.

— Ainsi, lui dis-je, ma Carmen, après un bout de chemin, tu veux bien me suivre, n'est-ce pas?

— Je te suis à la mort, oui, mais je ne vivrai plus avec toi.

---

(1) On a accusé Marie Padilla d'avoir ensorcelé le roi don Pédre. Une tradition populaire rapporte qu'elle avait fait présent à la reine Blanche de Bourbon d'une ceinture d'or, qui parut aux yeux fascinés du roi comme un serpent vivant. De là la répugnance qu'il montra toujours pour la malheureuse princesse.

Nous étions dans une gorge solitaire; j'arrêtai mon cheval.

— Est-ce ici? dit-elle.

Et d'un bond elle fut à terre. Elle ôta sa mantille, la jeta à ses pieds, et se tint immobile, un poing sur la hanche, me regardant fixement.

— Tu veux me tuer, je le vois bien, dit-elle; c'est écrit, mais tu ne me feras pas céder.

— Je t'en prie, lui dis-je, sois raisonnable. Écoute-moi! tout le passé est oublié. Pourtant, tu le sais, c'est toi qui m'as perdu; c'est pour toi que je suis devenu un voleur et un meurtrier. Carmen! ma Carmen! laisse-moi te sauver et me sauver avec toi.

— José, répondit-elle, tu me demandes l'impossible. Je ne t'aime plus; toi, tu m'aimes encore, et c'est pour cela que tu veux me tuer. Je pourrais bien encore te faire quelque mensonge; mais je ne veux pas m'en donner la peine. Tout est fini entre nous. Comme mon rom, tu as le droit de tuer ta romi; mais Carmen sera toujours libre.

— Tu aimes donc Lucas? lui demandai-je.

— Oui, je l'ai aimé, comme toi, un instant, moins que toi peut-être. A présent, je n'aime plus rien, et je me hais pour t'avoir aimé.

Je me jetai à ses pieds, je lui pris les mains, je les arrosai de mes larmes. Je lui rappelai tous les moments de bonheur que nous avions passés ensemble. Je lui offris de rester brigand pour lui plaire. Tout, monsieur, tout; je lui offris tout, pourvu qu'elle voulût m'aimer encore!

Elle me dit :

— T'aimer encore, c'est impossible. Vivre avec toi, je ne le veux pas.

La fureur me possédait. Je tirai mon couteau. J'aurais voulu qu'elle eût peur et me demandât grâce, mais cette femme était un démon.

— Pour la dernière fois, m'écriai-je, veux-tu rester avec moi?

— Non! non! non! dit-elle en frappant du pied. Et elle tira de son doigt une bague que je lui avais donnée, et la jeta dans les broussailles.

Je la frappai deux fois. C'était le couteau du Borgne que j'avais pris, ayant cassé le mien. Elle tomba au second coup sans crier. Je crois encore voir son grand œil noir me regarder fixement; puis il devint trouble et se ferma. Je restai anéanti une bonne heure devant ce cadavre. Puis, je me rappelai que Carmen m'avait dit souvent qu'elle aimerait à être enterrée dans un bois. Je lui creusai une fosse avec mon couteau, et je l'y déposai. Je cherchai longtemps sa bague et je la trouvai à la fin. Je la mis dans la fosse auprès d'elle avec une petite croix. Peut-être ai-je eu tort. Ensuite je montai sur mon cheval, je galopai jusqu'à Cordoue, et au premier corps de garde je me fis connaître. J'ai dit que j'avais tué Carmen; mais je n'ai pas voulu dire où était son corps. L'ermite était un saint homme. Il a prié pour elle ! Il a dit une messe pour son âme... Pauvre enfant ! Ce sont les *Calés* qui sont coupables pour l'avoir élevée ainsi.

IV

'ESPAGNE est un des pays où se trouvent aujourd'hui, en plus grand nombre encore, ces nomades dispersés dans toute l'Europe, et connus sous les noms de *Bohémiens, Gitanos, Gypsies, Zigeuner*, etc. La plupart demeurent, ou plutôt mènent une vie errante dans les provinces du Sud et de l'Est, en Andalousie, en Estramadure, dans le royaume de Murcie ; il y en a beaucoup en Catalogne. Ces derniers passent souvent en France. On en rencontre dans toutes nos foires du Midi. D'ordinaire, les hommes exercent les métiers de maquignon, de vétérinaire et de tondeur de mulets ; ils y joignent l'industrie de raccommoder les poêlons et les instruments de cuivre, sans parler de la contrebande et autres pratiques illicites. Les femmes disent la bonne aventure, mendient et vendent toutes sortes de drogues innocentes ou non.

Les caractères physiques des bohémiens sont plus faciles à distinguer qu'à décrire, et lorsqu'on en a vu un seul, on reconnaîtrait entre mille un individu de cette race. La physionomie, l'expression, voilà surtout ce qui les sépare des peuples qui habitent le même pays. Leur teint est très basané, toujours plus foncé que celui des populations parmi lesquelles ils vivent. De là, le nom de *Calé*, les noirs, par lequel ils se désignent souvent (1). Leurs yeux sensiblement obliques, bien fendus, très noirs, sont ombragés par des cils longs et épais. On ne peut comparer leur regard qu'à celui d'une bête fauve. L'audace

J'arrêtais mon cheval (p. 23).

et la timidité s'y peignent tout à la fois, et sous ce rapport leurs yeux révèlent assez bien le caractère de la nation, rusée, hardie, mais craignant *naturellement les coups* comme Panurge. Pour la plupart les hommes sont bien découplés, sveltes, agiles ; je ne crois pas en avoir jamais vu un seul chargé d'embonpoint. En Allemagne, les bohémiennes sont souvent très jolies ; la beauté est fort rare parmi les gitanas d'Espagne. Très jeunes elles peuvent passer pour des laiderons agréables ; mais une fois qu'elles sont mères, elles deviennent repoussantes. La saleté des deux sexes est incroyable, et qui n'a pas vu les cheveux d'une matrone bohémienne s'en fera difficilement une idée, même en se représentant les crins les plus rudes, les plus gras, les plus poudreux. Dans quelques grandes villes d'Andalousie, certaines jeunes filles un peu plus agréables que les autres, prennent plus de soin de leur personne. Celles-là vont danser pour de l'argent, des danses qui ressemblent fort à celles que l'on interdit dans nos bals publics du carnaval. M. Borrow, missionnaire anglais, auteur de deux ouvrages fort intéressants sur les bohémiens d'Espagne, qu'il avait entrepris de convertir, aux frais de la Société biblique, assure qu'il est sans exemple qu'une Gitana ait jamais eu quelque faiblesse pour un homme étranger à sa race. Il me semble qu'il y a beaucoup d'exagération dans les éloges qu'il accorde à leur chasteté. D'abord, le plus grand nombre est dans le cas de la laide d'Ovide : *Casta quam nemo rogavit*. Quant aux jolies, elles sont comme toutes les Espagnoles, difficiles dans le choix de leurs amants. Il faut leur plaire, il faut les mériter. M. Borrow cite comme preuve de leur vertu un trait qui fait honneur à la sienne, surtout à sa naïveté. Un homme immoral de sa connaissance offrit, dit-il, inutilement plusieurs onces à une jolie Gitana. Un Andalou, à qui je racontai cette anecdote, prétendit que cet homme immoral aurait eu plus de succès en montrant deux ou trois piastres, et qu'offrir des onces d'or à une bohémienne, était un aussi mauvais moyen de persuader, que de promettre un million ou deux à une fille d'auberge. — Quoi qu'il en soit, il est certain que les Gitanas montrent à

____

(1) Il m'a semblé que les bohémiens allemands, bien qu'ils comprennent parfaitement le mot *Calé*, n'aimaient point à être appelés de la sorte. Ils s'appellent entre eux *Rommané tchavé*.

leurs maris un dévouement extraordinaire. Il n'y a pas de danger ni de misères qu'elles ne bravent pour les secourir en leurs nécessités. Un des noms que se donnent les bohémiens *Romé* ou les *époux*, me paraît attester le respect de la race pour l'état de mariage. En général on peut dire que leur principale vertu est le patriotisme, si l'on peut ainsi appeler la fidélité qu'ils observent dans leurs relations avec les individus de même origine qu'eux, leur empressement à s'entr'aider, le secret inviolable qu'ils se gardent dans les affaires compromettantes. Au reste, dans toutes les associations mystérieuses et en dehors des lois, on observe quelque chose de semblable.

J'ai visité, il y a quelques mois, une horde de bohémiens établis dans les Vosges. Dans la hutte d'une vieille femme, l'ancienne de sa tribu, il y avait un bohémien étranger à sa famille, attaqué d'une maladie mortelle. Cet homme avait quitté un hôpital où il était bien soigné, pour aller mourir au milieu de ses compatriotes. Depuis treize semaines il était alité chez ses hôtes, et beaucoup mieux traité que les fils et les gendres qui vivaient dans la même maison. Il avait un bon lit de paille et de mousse avec des draps assez blancs, tandis que le reste de la famille, au nombre de onze personnes, couchaient sur des planches longues de trois pieds. Voilà pour leur hospitalité. La même femme, si humaine pour son hôte, me disait devant le malade : *Singo, singo, honte hi mulo.* Dans peu, dans peu, il faut qu'il meure. Après tout, la vie de ces gens est si misérable, que l'annonce de la mort n'a rien d'effrayant pour eux.

Un trait remarquable du caractère des bohémiens, c'est leur indifférence en matière de religion; non qu'ils soient esprits forts ou sceptiques. Jamais ils n'ont fait profession d'athéisme. Loin de là, la religion du pays qu'ils habitent est la leur; mais ils en changent en changeant de patrie. Les superstitions qui, chez les peuples grossiers, remplacent les sentiments religieux leur sont également étrangères. Le moyen, en effet, que des superstitions existent chez des gens qui vivent le plus souvent de la crédulité des autres. Cependant, j'ai remarqué chez les bohémiens espagnols une horreur singulière pour le contact d'un cadavre. Il y en a peu qui consentiraient pour de l'argent à porter un mort au cimetière.

J'ai dit que la plupart des bohémiennes se mêlaient de dire la bonne aventure. Elles s'en acquittent fort bien. Mais ce qui est pour elles une source de grands profits, c'est la vente des charmes et des philtres amoureux. Non seulement elles tiennent des pattes de crapauds pour fixer les cœurs volages, ou de la poudre de pierre d'aimant pour se faire aimer des insensibles; mais elles font au besoin des conjurations puissantes qui obligent le diable à leur prêter son secours. L'année dernière, une Espagnole me racontait l'histoire suivante : Elle passait un jour dans la rue d'Alcala, fort triste et préoccupée; une bohémienne accroupie sur le trottoir lui cria : « Ma belle dame, votre amant vous a trahie. — C'était la vérité. — Voulez-vous que je vous le fasse revenir ? » On comprend avec quelle joie la proposition fut acceptée, et quelle devait être la confiance inspirée par une personne qui devinait ainsi, d'un coup d'œil, les secrets intimes du cœur. Comme il eût été impossible de procéder à des opérations magiques dans la rue la plus fréquentée de Madrid, on convint d'un rendez-vous pour le lendemain. « Rien de plus facile que de ramener l'infidèle à vos pieds, dit la Gitana. Auriez-vous un mouchoir, une écharpe, une mantille qu'il vous ait donné ? » On lui remit un fichu de soie. « Maintenant cousez, avec de la soie cramoisie, une piastre dans un coin du fichu. Dans un autre coin, cousez une demi-piastre; ici, une piécette; là, une pièce de deux réaux. Puis il faut coudre au milieu une pièce d'or. Un doublon serait le mieux. » On coud le doublon et le reste. « A présent, donnez-moi le fichu, je vais le porter au Campo-Santo, à minuit sonnant. Venez avec moi, si vous voulez voir une belle diablerie. Je vous promets que dès demain vous reverrez celui que vous aimez. » La bohémienne partit seule pour le Campo-Santo, car on avait trop peur des diables pour l'accompagner. Je vous laisse à penser si la pauvre amante délaissée a revu son fichu et son infidèle.

Malgré leur misère et l'espèce d'aversion qu'ils inspirent, les bohémiens jouissent cependant d'une certaine considération parmi les gens peu éclairés, et ils en sont très vains. Ils se sentent une race supérieure pour l'intelligence et méprisent cordialement le peuple qui leur donne l'hospitalité. Les Gentils sont si bêtes, me disait une bohémienne des Vosges, qu'il n'y a aucun mérite à les attraper. L'autre jour, une paysanne m'appelle dans la rue, j'entre chez elle. Son poêle fumait, et elle me demande un sort pour le faire aller. Moi, je me fais d'abord donner un bon morceau de lard. Puis, je me mets à marmotter quelques mots en rommani. « Tu es bête, je disais, tu es née bête, bête tu mourras... » Quand je fus près de la porte, je lui dis en bon allemand : « Le moyen infaillible d'empêcher ton poêle de fumer, c'est de n'y pas faire de feu. » Et je pris mes jambes à mon cou.

L'histoire des bohémiens est encore un problème. On sait à la vérité que leurs premières bandes, fort peu nombreuses, se montrèrent dans l'est de l'Europe, vers le commencement du xve siècle; mais on ne peut dire ni d'où ils viennent, ni pourquoi ils sont venus en Europe, et, ce qui est plus extraordinaire, on ignore comment ils se sont multipliés en peu de temps d'une façon si prodigieuse dans plusieurs contrées fort éloignées les unes des autres. Les bohémiens eux-mêmes n'ont conservé aucune tradition sur leur origine, et si la plupart d'entre eux parlent de l'Egypte comme de leur patrie primitive, c'est qu'ils ont adopté une fable très anciennement répandue sur leur compte.

La plupart des orientalistes qui ont étudié la langue des bohémiens croient qu'ils sont originaires de l'Inde. En effet, il paraît qu'un grand nombre de racines et beaucoup de formes grammaticales du rommani se retrouvent dans des idiomes dérivés du sanscrit. On conçoit que dans leurs longues pérégrinations, les bohémiens ont adopté beaucoup de mots étrangers. Dans tous les dialectes du rommani, on trouve quantité de mots grecs. Par exemple : *cocal*, os, de κόκκαλον ; *pétalli*, fer de cheval, de πέταλον , *cafi*, clou, de καρφί, etc. Aujourd'hui, les bohémiens ont presque autant de dialectes différents qu'il existe de hordes de leur race séparées les unes des autres. Partout ils parlent la langue du pays qu'ils habitent plus facilement que leur propre idiome, dont ils ne font guère usage que pour pouvoir s'entretenir librement devant les étrangers. Si l'on compare le dialecte des bohémiens de l'Allemagne avec celui des Espagnols, sans communication avec les premiers depuis des siècles, on reconnaît une très grande quantité de mots communs; mais la langue originale, partout quoique à différents degrés, s'est notablement altérée par le contact des langues plus cultivées, dont ces nomades ont été contraints de faire usage. L'allemand, d'un côté, l'espagnol, de l'autre, ont tellement modifié le fond du rommani, qu'il serait impossible à un bohémien de la Forêt-Noire de converser avec un de ses frères andalous, bien qu'il leur suffise d'échanger quelques phrases pour reconnaître qu'ils parlent tous les deux un dialecte dérivé du même idiome. Quelques mots d'un usage très fréquent sont communs je crois, à tous les dialectes; ainsi, dans tous les vocabulaires que j'ai pu voir : *pani* veut dire de l'eau; *manro*, du pain, *mâs*, de la viande, *lon*, du sel.

Les noms de nombre sont partout à peu près les mêmes. Le dialecte allemand me semble beaucoup plus pur que le dialecte espagnol; car il a conservé nombre de formes grammaticales primitives, tandis que les Gitanos ont adopté celles du castillan. Pourtant quelques mots font exception pour attester l'ancienne communauté de langage. Les prétérits du dialecte allemand se forment en ajoutant *ium* à l'impératif qui est toujours la racine du verbe. Les verbes dans le rommani espagnol, se conjuguent tous sur le modèle des verbes castillans de la première conjugaison. De l'infinitif *jamar*, manger, on devrait régulièrement faire *jamé*, j'ai mangé; de *lillar*, prendre, on devrait faire *lillé*, j'ai pris. Cependant quelques vieux bohémiens disent par exception : *jayon*, *lillon*. Je ne connais pas d'autres verbes qui aient conservé cette forme antique.

Pendant que je fais ainsi étalage de mes minces connaissances dans la langue rommani, je dois noter quelques mots d'argot français que nos voleurs ont empruntés aux bohémiens. *Les Mystères de Paris* ont appris à la bonne compagnie que *chourin* voulait dire couteau. C'est du rommani pur; *tchourin* est un de ces mots communs à tous les dialectes. M. Vidocq appelle un cheval *grès*, c'est encore un mot bohémien, *gras*, *gre*, *graste*, *gris*. Ajoutez encore le mot *romaniche* qui dans l'argot parisien désigne les bohémiens. C'est la corruption de *rommané tchave*, gars bohémiens. Mais une étymologie dont je suis fier, c'est celle de *frimousse*, mine, visage, mot que tous les écoliers emploient ou employaient de mon temps. Observez d'abord que Oudin, dans son curieux dictionnaire, écrivait en 1640, *firlimousse*. Or, *firla*, *fila*, en rommani veut dire visage, *mui* a la même signification, c'est exactement *os* des Latins. La combinaison *firlamui* a été sur-le-champs comprise par un bohémien puriste, et je la crois conforme au génie de sa langue.

En voilà bien assez pour donner aux lecteurs de *Carmen*, une idée avantageuse de mes études sur le rommani. Je terminerai par ce proverbe qui vient à propos : *En retudi panda nasti abela macha*. En close bouche, n'entre point mouche.

LA VÉNUS D'ILLE

Ἵλεως ἦν δ' ἐγώ, ἔστω ὁ ἀνδριὰς καὶ ἤπιος, οὕτως ἀνδρεῖος ὤν.
ΛΟΥΚΙΑΝΟΥ ΦΙΛΟΨΕΥΔΗΣ

JE descendais le dernier coteau du Canigou, et, bien que le soleil fût déjà couché, je distinguais dans la plaine les maisons de la petite ville d'Ille, vers laquelle je me dirigeais.

— Vous savez, dis-je au Catalan qui me servait de guide depuis la veille, vous savez sans doute où demeure M. de Peyrehorade ?

— Si je le sais ! s'écria-t-il, je connais sa maison comme la mienne ; et s'il ne faisait pas si noir, je vous la montrerais. C'est la plus belle d'Ille. Il a de l'argent, oui, M. de Peyrehorade ; et il marie son fils à plus riche que lui encore.

— Et ce mariage se fera-t-il bientôt ? lui demandai-je.

— Bientôt ! il se peut que déjà les violons soient commandés pour la noce. Ce soir, peut-être, demain, après-demain, que sais-je ! C'est à Puygarrig que monsieur le fils épouse. Ce sera beau, oui !

J'étais recommandé à M. de Peyrehorade par mon ami M. de P. C'était, m'avait-il dit, un antiquaire fort instruit et d'une complaisance à toute épreuve. Il se ferait un plaisir de me montrer toutes les ruines à dix lieues à la ronde. Or, je comptais sur lui pour visiter les environs d'Ille, que je savais riches en monuments antiques et du Moyen âge. Ce mariage, dont on me parlait alors pour la première fois, dérangeait tous mes plans.

Je vais être un trouble-fête, me dis-je. Mais j'étais attendu ; annoncé par M. de P., il fallait bien me présenter.

— Gageons, monsieur, me dit mon guide, comme nous étions déjà dans la plaine, gageons un cigare que je devine ce que vous allez faire chez M. de Peyrehorade ?

— Mais, répondis-je en lui tendant un cigare, cela n'est pas bien difficile à deviner. A l'heure qu'il est, quand on a fait six lieues dans le Canigou, la grande affaire, c'est de souper.

— Oui, mais demain ?... Tenez, je parierais que vous venez à Ille pour voir l'idole ? J'ai deviné cela à vous voir tirer en portrait les saints de Serrabona.

— L'idole ? quelle idole ? Ce mot avait excité ma curiosité.

— Comment ! on ne vous a pas conté, à Perpignan, comment M. de Peyrehorade avait trouvé une idole en terre ?

— Vous voulez dire une statue en terre cuite, en argile ?

— Non pas. Oui, bien en cuivre, et il en a de quoi faire des gros sous. Elle vous pèse autant qu'une cloche d'église. C'est bien avant dans la terre, au pied d'un olivier, que nous l'avons eue.

— Vous étiez donc présent à la découverte ?

— Oui, monsieur. M. de Peyrehorade nous dit, il y a quinze jours, à Jean Coll et à moi, de déraciner un vieil olivier qui était gelé de l'année dernière, car elle a été bien mauvaise, comme vous savez. Voilà donc qu'en travaillant, Jean Coll, qui y allait de tout cœur, donne un coup de pioche, et j'entends bimm... comme s'il avait tapé sur une cloche. Qu'est-ce que c'est ? que je dis. Nous piochons toujours, nous piochons, et voilà qu'il paraît une main noire, qui semblait la main d'un mort qui sortait de terre. Moi, la peur me prend. Je m'en vais à monsieur, et je lui dis : — Des morts, notre maître, qui sont sous l'olivier ! Faut appeler le curé. — Quels morts ? qu'il me dit. Il vient, et il n'a pas plus tôt vu la main qu'il s'écrie : — Un antique ! un antique ! — Vous auriez cru qu'il avait trouvé un trésor. Et le voilà, avec la pioche, avec les mains, qui se démène et qui faisait quasiment autant d'ouvrage que nous deux.

— Et enfin que trouvâtes-vous ?

— Une grande femme noire plus qu'à moitié nue, révérence parler, monsieur, tout en cuivre, et M. de Peyrehorade nous a dit que c'était une idole du temps des païens... du temps de Charlemagne, quoi !

— Je vois ce que c'est... Quelque bonne Vierge en bronze d'un couvent détruit.

— Une bonne Vierge ! ah bien oui !... Je l'aurais bien reconnue, si ç'avait été une bonne Vierge. C'est une idole, vous dis-je : on le voit bien à son air. Elle vous fixe avec ses grands yeux blancs... On dirait qu'elle vous dévisage. On baisse les yeux, oui, en la regardant.

— Des yeux blancs ? Sans doute ils sont incrustés dans le bronze. Ce sera peut-être quelque statue romaine.

— Romaine ! c'est cela. M. de Peyrehorade dit que c'est une Romaine. Ah ! je vois bien que vous êtes un savant comme lui.

— Est-elle entière, bien conservée ?

— Oh ! monsieur, il ne lui manque rien. C'est encore plus beau et mieux fini que le buste de Louis-Philippe, qui est à la mairie, en plâtre peint. Mais avec tout cela, la figure de cette idole ne me revient pas. Elle a l'air méchante... et elle l'est aussi.

— Méchante ! Quelle méchanceté vous a-t-elle faite ?

— Pas à moi précisément ; mais vous allez voir. Nous nous étions mis à quatre pour la dresser debout, et M. de Peyrehorade, qui lui aussi tirait à la corde, bien qu'il n'ait guère plus de force qu'un poulet, le digne homme! Avec bien de la peine nous la mettons droite. J'amassais un tuileau pour la caler, quand, patatras! la voilà qui tombe à la renverse tout d'une masse. Je dis: Gare dessous! Pas assez vite pourtant, car Jean Coll n'a pas eu le temps de tirer sa jambe...

— Et il a été blessé?

— Cassée net comme un échalas, sa pauvre jambe! Pécaïre! quand j'ai vu cela, moi, j'étais furieux. Je voulais défoncer l'idole à coups de pioche, mais M. de Peyrehorade m'a retenu. Il a donné de l'argent à Jean Coll, qui tout de même est encore au lit depuis quinze jours que cela lui est arrivé, et le médecin dit qu'il ne marchera jamais de cette jambe-là comme de l'autre. C'est dommage, lui qui était notre meilleur coureur et, après monsieur le fils, le plus malin joueur de paume. C'est que M. Alphonse de Peyrehorade en a été triste, car c'est Coll qui faisait sa partie. Voilà qui était beau à voir comme ils se renvoyaient les balles. Paf! paf! Jamais elles ne touchaient terre.

Devisant de la sorte, nous entrâmes à Ille, et je me trouvai bientôt en présence de M. de Peyrehorade. C'était un petit vieillard vert encore et dispos, poudré, le nez rouge, l'air jovial et goguenard. Avant d'avoir ouvert la lettre de M. de P., il m'avait installé devant une table bien servie, et m'avait présenté à sa femme et à son fils comme un archéologue illustre, qui devait tirer le Roussillon de l'oubli où le laissait l'indifférence des savants.

Tout en mangeant de bon appétit, car rien ne dispose mieux que l'air vif des montagnes, j'examinais mes hôtes. J'ai dit un mot de M. de Peyrehorade; je dois ajouter que c'était la vivacité même. Il parlait, mangeait, se levait, courait à sa bibliothèque, m'apportait des livres, me montrait des estampes, me versait à boire; il n'était jamais deux minutes en repos. Sa femme, un peu trop grasse, comme la plupart des Catalanes lorsqu'elles ont passé quarante ans, me parut une provinciale renforcée, uniquement occupée des soins de son ménage. Bien que le souper fût suffisant pour six personnes au moins, elle courut à la cuisine, fit tuer des pigeons, frire des miliasses, ouvrit je ne sais combien de pots de confitures. En un instant la table fut encombrée de plats et de bouteilles, et je serais certainement mort d'indigestion si j'avais goûté seulement à tout ce qu'on m'offrait. Cependant, à chaque plat, que je refusais, c'étaient de nouvelles excuses. On craignait que je ne me trouvasse bien mal à Ille. Dans la province on a si peu de ressources, et les Parisiens sont si difficiles!

Au milieu des allées et venues de ses parents, M. Alphonse de Peyrehorade ne bougeait pas plus qu'un Terme. C'était un grand jeune homme de vingt-six ans, d'une physionomie belle et régulière, mais manquant d'expression. Sa taille et ses formes athlétiques justifiaient bien la réputation d'infatigable joueur de paume qu'on lui faisait dans le pays. Il était ce soir-là habillé avec élégance, exactement d'après la gravure du dernier numéro du Journal des Modes. Mais il me semblait gêné dans ses vêtements; il était raide comme un piquet dans son col de velours, et ne se tournait que tout d'une pièce. Ses mains grosses et hâlées, ses ongles courts contrastaient singulièrement avec son costume. C'étaient des mains de laboureur sortant des manches d'un dandy. D'ailleurs, bien qu'il me considérât de la tête aux pieds fort curieusement, en ma qualité de Parisien, il ne m'adressa qu'une seule fois la parole dans toute la soirée, ce fut pour me demander où j'avais acheté la chaîne de ma montre.

— Ah çà! mon cher hôte, me dit M. de Peyrehorade, le souper tirant à sa fin, vous m'appartenez, vous êtes chez moi. Je ne vous lâche plus, sinon quand vous aurez vu tout ce que nous avons de curieux dans nos montagnes. Il faut que vous appreniez à connaître notre Roussillon, et que vous lui rendiez justice. Vous ne vous doutez pas de tout ce que nous allons vous montrer. Monuments phéniciens, celtiques, romains, arabes, byzantins, vous verrez tout, depuis le cèdre jusqu'à l'hysope. Je vous mènerai partout et ne vous ferai pas grâce d'une brique.

Un accès de toux l'obligea de s'arrêter. J'en profitai pour lui dire que je serais désolé de le déranger dans une circonstance aussi intéressante pour sa famille. S'il voulait bien me donner ses excellents conseils sur les excursions que j'aurais à faire, je pourrais, sans qu'il prît la peine de m'accompagner...

— Ah! vous voulez parler du mariage de ce garçon-là, s'écria-t-il en m'interrompant. Bagatelle, ce sera fait après-demain. Vous ferez la noce avec nous, en famille, car la future est en deuil d'une tante dont elle hérite. Ainsi point de fête, point de bal... C'est dommage... vous auriez vu danser nos Catalanes... Elles sont jolies, et peut-être l'envie vous aurait-elle pris d'imiter mon Alphonse. Un mariage, dit-on, en amène d'autres... Samedi, les jeunes gens mariés, je suis libre et nous nous mettons en courses. Je vous demande pardon de vous donner l'ennui d'une noce de province. Pour un Parisien blasé sur les fêtes, et une noce sans bal encore! Pourtant, vous verrez une mariée... une mariée... vous m'en direz des nouvelles... Mais vous êtes un homme grave et vous ne regardez plus les femmes. J'ai mieux que cela à vous montrer. Je vous ferai voir quelque chose!... Je vous réserve une fière surprise pour demain.

— Mon Dieu, lui dis-je, il est difficile d'avoir un trésor dans sa maison sans que le public en soit instruit. Je crois deviner la surprise que vous me préparez. Mais si c'est de votre statue qu'il s'agit, la description que mon guide m'en a faite n'a servi qu'à exciter ma curiosité et à me disposer à l'admiration.

— Ah! il vous a parlé de l'idole, car c'est ainsi qu'ils appellent ma belle Vénus Tur... mais je ne veux rien vous dire. Demain, au grand jour, vous la verrez, et vous me direz si j'ai raison de la croire un chef-d'œuvre. Parbleu! vous ne pouviez arriver plus à propos! Il y a des inscriptions que moi, pauvre ignorant, j'explique à ma manière... mais un savant de Paris!... Vous vous moquerez peut-être de mon interprétation, car j'ai fait un mémoire... moi qui vous parle... vieil antiquaire de province, je me suis lancé... Je veux faire gémir la presse... Si vous vouliez bien me lire et me corriger, je pourrais espérer... Par exemple, je suis bien curieux de savoir comment vous traduirez cette inscription sur le socle : *CA-VE*... Mais je ne veux rien vous demander encore! À demain, à demain! Pas un mot sur la Vénus aujourd'hui!

— Tu as raison, Peyrehorade, dit sa femme, de laisser là ton idole. Tu devrais voir que tu empêches monsieur de manger. Va, monsieur, a vu à Paris de bien plus belle statues que la tienne. Aux Tuileries, il y en a des douzaines, et en bronze aussi.

— Voilà bien l'ignorance, la sainte ignorance de la province! interrompit M. de Peyrehorade. Comparer une antique admirable aux plates figures de Coustou!

> *Comme avec irrévérence*
> *Parle des dieux ma ménagère!*

« Savez-vous que ma femme voulait que je fondisse ma statue pour en faire une cloche à notre église. C'est qu'elle en eût été la marraine. Un chef-d'œuvre de Myron, monsieur!

— Chef-d'œuvre! chef-d'œuvre! un beau chef-d'œuvre qu'elle a fait! casser la jambe d'un homme!

— Ma femme, vois-tu? dit M. de Peyrehorade

d'un ton résolu, et tendant vers elle sa jambe droite dans un bas de soie chinée, si ma Vénus m'avait cassé cette jambe-là, je ne la regretterais pas.

— Mon Dieu! Peyrehorade, comment peux-tu dire cela! Heureusement que l'homme va mieux. Et encore je ne peux pas prendre sur moi de regarder la statue qui fait des malheurs comme celui-là. Pauvre Jean Coll!

— Blessé par Vénus, monsieur, dit M. de Peyrehorade riant d'un gros rire, blessé par Vénus, le maraud se plaint :

> *Veneris nec praemia nóris.*

Qui n'a pas été blessé par Vénus?

M. Alphonse qui comprenait mieux le français que le latin, cligna de l'œil d'un air d'intelligence et me regarda comme pour me demander : Et vous, Parisien, comprenez-vous?

Le souper finit. Il y avait une heure que je ne mangeais plus. J'étais fatigué et je ne pouvais parvenir à cacher les fréquents bâillements qui m'échappaient. Madame de Peyrehorade s'en aperçut la première, et remarqua qu'il était temps d'aller dormir. Alors commencèrent de nouvelles excuses sur le mauvais gîte que j'allais avoir. Je ne serais pas comme à Paris. En province on est si mal! Il fallait de l'indulgence pour les Roussillonnais. J'avais beau protester qu'après une course dans les montagnes, une botte de paille me serait un coucher délicieux, on me priait toujours de pardonner à de pauvres campagnards s'ils ne me traitaient pas aussi bien qu'ils l'eussent désiré. Je montai enfin à la chambre qui m'était destinée, accompagné de M. de Peyrehorade. L'escalier, dont les marches supérieures étaient en bois, aboutissait au milieu d'un corridor, sur lequel donnaient plusieurs chambres.

— A droite, me dit mon hôte, c'est l'appartement que je destine à la future madame Alphonse. Votre chambre est au bout du corridor opposé. Vous sentez bien, ajouta-t-il d'un air qu'il voulait rendre fin, vous sentez bien qu'il faut isoler de nouveaux mariés. Vous êtes à un bout de la maison, eux à l'autre.

C'était bien une Vénus (p. 30).

Nous entrâmes dans une chambre bien meublée, où le premier objet sur lequel je portai la vue fut un lit long de sept pieds, large de six, et si haut qu'il fallait un escabeau pour s'y guinder. Mon hôte m'ayant indiqué la position de la sonnette, et s'étant assuré par lui-même que le sucrier était plein, les flacons d'eau de Cologne dûment placés sur la toilette, après m'avoir demandé plusieurs fois si rien ne me manquait, me souhaita une bonne nuit et me laissa seul.

Les fenêtres étaient fermées. Avant de me déshabiller, j'en ouvris une pour respirer l'air frais de la nuit, délicieux après un long souper. En face était le Canigou, d'un aspect admirable en tout temps, mais qui me parut ce soir-là la plus belle montagne du monde, éclairé qu'il était par une lune resplendissante. Je demeurai quelques minutes à contempler sa silhouette merveilleuse, et j'allais fermer ma fenêtre, lorsque, baissant les yeux, j'aperçus la statue sur un piédestal à une vingtaine de toises de la maison. Elle était placée à l'angle d'une haie vive qui séparait un petit jardin d'un vaste carré parfaitement uni, qui, je l'appris plus tard, était le jeu de paume de la ville. Ce terrain, propriété de M. de Peyrehorade, avait été cédé par lui à la commune, sur les pressantes sollicitations de son fils.

A la distance où j'étais, il m'était difficile de distinguer l'attitude de la statue; je ne pouvais juger que de sa hauteur, qui me parut de six pieds environ. En ce moment, deux polissons de la ville passaient sur le jeu de paume, assez près de la haie, sifflant le joli air du Roussillon : *Montagnes régalades*. Ils s'arrêtèrent pour regarder la statue; un d'eux l'apostropha même à haute voix. Il parlait catalan; mais j'étais dans le Roussillon depuis assez longtemps pour pouvoir comprendre à peu près ce qu'il disait.

— Te voilà donc, coquine! (Le terme catalan était plus énergique.) Te voilà! disait-il. C'est donc toi qui as cassé la jambe à Jean Coll! Si tu étais à moi, je te casserais le cou.

— Bah! avec quoi? dit l'autre. Elle est de cuivre, et si dure qu'Étienne a cassé sa lime dessus, essayant de l'entamer. C'est du cuivre du temps des païens; c'est plus dur que je ne sais quoi.

— Si j'avais mon ciseau à froid (il paraît que c'était un apprenti serrurier), je lui ferais bientôt sauter ses grands yeux blancs, comme je tirerais une amande de sa coquille. Il y a pour plus de cent sous d'argent.

Ils firent quelques pas en s'éloignant.

— Il faut que je souhaite le bonsoir à l'idole, dit le plus grand des apprentis, s'arrêtant tout à coup.

Il se baissa, et probablement ramassa une pierre. Je le vis déployer le bras, lancer quelque chose, et aussitôt un coup sonore retentit sur le bronze. Au même instant l'apprenti porta la main à sa tête en poussant un cri de douleur.

— Elle me l'a rejetée! s'écria-t-il.

Et mes deux polissons prirent la fuite à toutes jambes. Il était évident que la pierre avait rebondi sur le métal, et avait puni ce drôle de l'outrage qu'il faisait à la déesse.

Je fermai la fenêtre en riant de bon cœur.

— Encore un Vandale puni par Vénus. Puissent tous les destructeurs de nos vieux monuments avoir ainsi la tête cassée!

Sur ce souhait charitable, je m'endormis.

Il était grand jour quand je me réveillai. Auprès de mon lit étaient, d'un côté, M. de Peyrehorade, en robe de chambre; de l'autre un domestique envoyé par sa femme, une tasse de chocolat à la main.

— Allons debout, Parisien! Voilà bien mes paresseux de la capitale! disait mon hôte pendant que je m'habillais à la hâte. Il est huit heures, et encore au lit! Je suis levé, moi, depuis six heures. Voilà trois fois que je monte; je me suis approché de votre porte sur la pointe du pied : personne; nul signe de vie. Cela vous fera mal de trop dormir à votre âge. Et ma Vénus que vous n'avez pas encore vue. Allons, prenez-moi vite cette tasse de chocolat de Barcelone... Vraie contrebande... Du chocolat comme on n'en a pas à Paris. Prenez des forces, car, lorsque vous serez devant ma Vénus, on ne pourra plus vous en arracher.

En cinq minutes je fus prêt, c'est-à-dire à moitié rasé, mal boutonné, et brûlé par le chocolat que j'avalai bouillant. Je descendis dans le jardin, et me trouvai devant une admirable statue.

C'était bien une Vénus, et d'une merveilleuse beauté. Elle avait le haut du corps nu, comme les anciens représentaient d'ordinaire les grandes divinités; la main droite, levée à la hauteur du sein, était tournée, la paume en dedans, le pouce et les deux premiers doigts étendus, les deux autres légèrement ployés. L'autre main, rapprochée de la hanche, soutenait la draperie qui couvrait la partie inférieure du corps. L'attitude de cette statue rappelait celle du Joueur de mourre qu'on désigne, je ne sais trop pourquoi, sous le nom de Germanicus. Peut-être avait-on voulu représenter la déesse jouant au jeu de mourre.

Quoi qu'il en soit, il est impossible de voir quelque chose de plus parfait que le corps de cette Vénus; rien de plus suave, de plus voluptueux que ses contours; rien de plus élégant et de plus noble que sa draperie. Je m'attendais à quelque ouvrage du Bas-Empire; je voyais un chef-d'œuvre du meilleur temps de la statuaire. Ce qui me frappait surtout, c'était l'exquise vérité des formes; en sorte qu'on aurait pu les croire moulées sur nature, si la nature produisait d'aussi parfaits modèles.

La chevelure, relevée sur le front, paraissait avoir été dorée autrefois. La tête, petite comme celle de presque toutes les statues grecques, était légèrement inclinée en avant. Quant à la figure, jamais je ne parviendrai à exprimer son caractère étrange, et dont le type ne se rapprochait de celui d'aucune statue antique dont il me souvienne. Ce n'était point cette beauté calme et sévère des sculpteurs grecs qui par système, donnaient à tous les traits une majestueuse immobilité. Ici, au contraire, j'observais avec surprise l'intention marquée de l'artiste de rendre la malice arrivant jusqu'à la méchanceté. Tous les traits étaient contractés légèrement : les yeux un peu obliques, la bouche relevée des coins, les narines quelque peu gonflées. Dédain, ironie, cruauté, se lisaient sur ce visage d'une incroyable beauté cependant. En vérité, plus on regardait cette admirable statue, et plus on éprouvait le sentiment pénible qu'une si merveilleuse beauté pût s'allier à l'absence de toute sensibilité.

— Si le modèle a jamais existé, dis-je à M. de Peyrehorade, et je doute que le ciel ait jamais produit une telle femme, que je plains ses amants ! Elle a dû se complaire à les faire mourir de désespoir. Il y a dans son expression quelque chose de féroce, et pourtant je n'ai jamais vu rien de si beau.

' C'est Vénus tout entière à sa proie attachée ! s'écria M. de Peyrehorade, satisfait de mon enthousiasme.

Cette expression d'ironie infernale était augmentée peut-être par le contraste de ses yeux incrustés d'argent et très brillants avec la patine d'un vert noirâtre que le temps avait donnée à toute la statue. Ces yeux brillants produisaient une certaine illusion qui rappelait la réalité, la vie. Je me souvins de ce que m'avait dit mon guide, qu'elle faisait baisser les yeux à ceux qui la regardaient. Cela était presque vrai, et je ne pus me défendre d'un mouvement de colère contre moi-même en me sentant un peu mal à mon aise devant cette figure de bronze.

— Maintenant que vous avez tout admiré en détail, mon cher collègue en antiquaillerie, dit mon hôte, ouvrons, s'il vous plaît, une conférence scientifique. Que dites-vous de cette inscription, à laquelle vous n'avez point pris garde encore ?

Il me montrait le socle de la statue, et j'y lus ces mots :

CAVE AMANTEM ..

— *Quid dicis, doctissime?* me demanda-t-il en se frottant les mains. Voyons si nous nous rencontrerons sur le sens de ce *cave amantem !*

— Mais, répondis-je, il y a deux sens. On peut traduire : « Prends garde à celui qui t'aime, défie-toi des amants. » Mais, dans ce sens, je ne sais si *cave amantem* serait d'une bonne latinité. En voyant l'expression diabolique de la dame, je croirais plutôt que l'artiste a voulu mettre en garde le spectateur contre cette terrible beauté. Je traduirais donc : « Prends garde à toi si *elle t'aime.* »

— Humph ! dit M. de Peyrehorade, oui, c'est un sens admissible : mais, ne vous en déplaise, je préfère la première traduction, que je développerai pourtant. Vous connaissez l'amant de Vénus ?

— Il y en a plusieurs.

— Oui; mais le premier, c'est Vulcain. N'a-t-on pas voulu dire : « Malgré toute ta beauté, ton air dédaigneux, tu auras un forgeron, un vilain boiteux pour amant ? » Leçon profonde, monsieur, pour les coquettes !

— Je ne pus m'empêcher de sourire, tant l'explication me parut tirée par les cheveux.

— C'est une terrible langue que le latin avec sa concision, observai-je pour éviter de contredire formellement mon antiquaire, et je reculai de quelques pas afin de mieux contempler la statue.

— Un instant, collègue ! dit M. de Peyrehorade en m'arrêtant par le bras, vous n'avez pas tout vu. Il y a encore une autre inscription. Montez sur le socle et regardez au bras droit. En parlant ainsi, il m'aidait à monter.

Je m'accrochais sans trop de façon au cou de la Vénus, avec laquelle je commençais à me familiariser. Je la regardai même un instant *sous le nez,* et la trouvai de près encore plus méchante et encore plus belle. Puis je reconnus qu'il y avait, gravés sur le bras, quelques caractères d'écriture cursive antique, à ce qu'il me sembla. A grand renfort de bésicles j'épelai ce qui suit, et cependant M. de Peyrehorade répétait chaque mot à mesure que je le prononçais, approuvant du geste et de la voix. Je lus donc :

VENERI TVRBVL...
EVTYCHES MYRO
IMPERIO FECIT.

Après ce mot *TVRBVL* de la première ligne, il me sembla qu'il y avait quelques lettres effacées; mais *TVRBVL* était parfaitement lisible.

— Ce qui veut dire ?... me demanda mon hôte radieux et souriant avec malice, car il pensait bien que je ne me tirerais pas facilement de ce *TVRBVL.*

— Il y a un mot que je ne m'explique pas encore, lui dis-je; tout le reste est facile. Eutychès Myron a fait cette offrande à Vénus par son ordre.

— A merveille. Mais *TVRBVL,* qu'en faites-vous ? Qu'est-ce que *TVRBVL ?*

— *TVRBVL* m'embarrasse fort. Je cherche en vain quelque épithète connue de Vénus qui puisse m'aider. Voyons, que diriez-vous de *TVRBV.*

LENTA ? Vénus qui trouble, qui agite... Vous vous apercevrez que je suis toujours préoccupé de son expression méchante. *TVRBVLENTA*, ce n'est point une trop mauvaise épithète pour Vénus, ajoutai-je d'un ton modeste, car je n'étais pas moi-même fort satisfait de mon explication.

— Vénus turbulente! Vénus la tapageuse! Ah! vous croyez donc que ma Vénus est une Vénus de cabaret? Point du tout, monsieur; c'est une Vénus de bonne compagnie. Mais je vais vous expliquer ce *TVRBVL...* Au moins vous me promettez de ne point divulguer ma découverte avant l'impression de mon mémoire. C'est que, voyez-vous, je m'en fais gloire, de cette trouvaille-là... Il faut bien que vous nous laissiez quelques épis à glaner, à nous autres pauvres diables de provinciaux. Vous êtes si riches, messieurs les savants de Paris!

Du haut du piédestal, où j'étais toujours perché, je lui promis solennellement que je n'aurais jamais l'indignité de lui voler sa découverte.

— *TVRBVL...*, monsieur, dit-il en se rapprochant et baissant la voix de peur qu'un autre que moi ne pût l'entendre, lisez *TVRBVLNERÆ*.

— Je ne comprends pas davantage.

— Écoutez bien. A une lieue d'ici au pied de la montagne, il y a un village qui s'appelle Boulternère. C'est une corruption du mot latin *TVRBVLNERA*. Rien de plus commun que ces inversions. Boulternère, monsieur, a été une ville romaine. Je m'en étais toujours douté, mais jamais je n'en avais eu la preuve. La preuve, la voilà. Cette Vénus était la divinité topique de la cité de Boulternère, et ce mot de Boulternère, que je viens de démontrer d'origine antique, prouve une chose bien plus curieuse, c'est que Boulternère, avant d'être une ville romaine, a été une ville phénicienne!

Il s'arrêta un moment pour respirer et jouir de ma surprise. Je parvins à réprimer une forte envie de rire.

— En effet, poursuivit-il, *TVRBVLNERA* est pur phénicien, *TVR*, prononcez *TOUR...* *TOUR* et *SOUR*, même mot, n'est-ce pas? *SOUR* est le nom phénicien de Tyr; je n'ai pas besoin de vous en rappeler le sens. *BVL*, c'est Baal, Bâl, Bel, Bul, légères différences de prononciation. Quant à *NERA*, cela me donne un peu de peine. Je suis tenté de croire, faute de trouver un mot phénicien, que cela vient du mot grec νηρός, humide, marécageux. Ce serait donc un mot hybride. Pour justifier νηρός, je vous montrerai à Boulternère comment les ruisseaux de la montagne y forment des mares infectes. D'autre part, la terminaison *NERA* aurait pu être ajoutée beaucoup plus tard en l'honneur de Nera Pivesuvia, femme de Tétricus, laquelle aurait fait quelque bien à la cité de Turbul. Mais à cause des mares, je préfère l'étymologie de νηρός.

Il prit une prise de tabac d'un air satisfait.

— Mais laissons les Phéniciens, et revenons à l'inscription. Je traduis donc : A Vénus de Boulternère Myron dédie par son ordre cette statue, son ouvrage.

Je me gardai bien de critiquer son étymologie, mais je voulus à mon tour faire preuve de pénétration, et je lui dis :

— Halte-là, monsieur. Myron a consacré quelque chose, mais je ne vois nullement que ce soit cette statue.

— Comment! s'écria-t-il, Myron n'était-il pas un fameux sculpteur grec? Le talent se sera perpétué dans sa famille : c'est un de ses descendants qui aura fait cette statue. Il n'y a rien de plus sûr.

— Mais, répliquai-je, je vois sur le bras un petit trou. Je pense qu'il a servi à fixer quelque chose, un bracelet, par exemple, que ce Myron donna à Vénus en offrande expiatoire. Myron était un amant malheureux. Vénus était irritée contre lui : il l'apaisa en lui consacrant un bracelet d'or. Remarquez que *fecit* se prend fort souvent pour *consecravit*. Ce sont termes synonymes. Je vous en montrerais plus d'un exemple si j'avais sous la main Gruter ou bien Orellius. Il est naturel qu'un amoureux voie Vénus en rêve qu'il s'imagine qu'elle lui commande de donner un bracelet d'or à sa statue. Myron lui consacre un bracelet... Puis les barbares ou bien quelque voleur sacrilège...

— Ah! qu'on voit bien que vous avez fait des romans! s'écria mon hôte en me donnant la main pour descendre. Non, monsieur, c'est un ouvrage de l'école de Myron. Regardez seulement le travail, et vous en conviendrez.

M'étant fait une loi de ne jamais contredire à outrance les antiquaire entêtés, je baissai la tête d'un air convaincu en disant :

— C'est un admirable morceau.

— Ah! mon Dieu, s'écria M. de Peyrehorade, encore un trait de vandalisme! On aura jeté une pierre à ma statue!

Il venait d'apercevoir une marque blanche un peu au-dessus du sein de la Vénus. Je remarquai une trace semblable sur les doigts de la main droite, qui, je le supposai alors, avaient été touchés dans le trajet de la pierre, ou bien un fragment s'en était détaché par le choc et avait ricoché sur la main. Je contai à mon hôte l'insulte dont j'avais été témoin et la prompte punition qui s'en était suivie. Il en rit beaucoup, et, comparant l'apprenti à Diomède, il lui souhaita de voir, comme le héros grec, tous ses compagnons changés en oiseaux blancs.

La cloche du déjeuner interrompit cet entretien classique, et, de même que la veille, je fus obligé de manger comme quatre. Puis vinrent des fermiers de M. de Peyrehorade; et, pendant qu'il leur donnait audience, son fils me mena voir une calèche qu'il avait achetée à Toulouse pour sa fiancée, et que j'admirai, cela va sans dire. Ensuite j'entrai avec lui dans l'écurie, où il me tint une demi-heure à me vanter ses chevaux, à me faire la généalogie, à me conter les prix qu'ils avaient gagnés aux courses du département. Enfin il en vint à me parler de sa future, par la transition d'une jument grise qu'il lui destinait.

— Nous la verrons aujourd'hui, dit-il. Je ne sais si vous la trouverez jolie. Vous êtes difficiles, à Paris; mais tout le monde, ici à Perpignan, la trouve charmante. Le bon, c'est qu'elle est fort riche. Sa tante de Prades lui a laissé son bien. Oh! je vais être fort heureux.

Je fus profondément choqué de voir un jeune homme paraître plus touché de la dot que des beaux yeux de sa future.

— Vous vous connaissez en bijoux, poursuivit M. Alphonse, comment trouvez-vous ceci? Voici l'anneau que je lui donnerai demain.

En parlant ainsi, il tirait de la première phalange de son petit doigt une grosse bague enrichie de diamants, et formée de deux mains entrelacées; allusion qui me parut infiniment poétique. Le travail en était ancien, mais je jugeai qu'on l'avait retouchée pour enchâsser les diamants. Dans l'intérieur de la bague se lisaient ces mots en lettres gothiques : *Sempr' ab ti*, c'est-à-dire, toujours avec toi.

— C'est une jolie bague, lui dis-je; mais ces diamants ajoutés lui ont fait perdre un peu de son caractère.

— Oh! elle est bien plus belle comme cela, répondit-il en souriant. Il y a là pour douze cents francs de diamants. C'est ma mère qui me l'a donnée. C'était une bague de famille très ancienne... du temps de la chevalerie. Elle avait servi à ma grand'mère, qui la tenait de la sienne. Dieu sait quand cela a été fait.

— L'usage à Paris, lui dis-je, est de donner un anneau tout simple, ordinairement composé de deux métaux différents, comme de l'or et du platine. Tenez, cette autre bague, que vous avez à ce doigt, serait fort convenable. Celle-ci, avec ses diamants et ses mains en relief, est si grosse, qu'on ne pourrait mettre un gant par-dessus.

— Oh! madame Alphonse s'arrangera comme elle voudra. Je crois qu'elle sera toujours bien contente de l'avoir. Douze cents francs au doigt, c'est agréable. Cette petite bague-là, ajouta-t-il en regardant d'un air de satisfaction l'anneau tout uni qu'il portait à la main, celle-là, c'est une femme à Paris qui me l'a donnée un jour de mardi gras. Ah! comme je m'en suis donné quand j'étais à Paris, il y a deux ans! C'est là qu'on s'amuse!... Et il soupira de regret.

Nous devions dîner ce jour-là à Puygarrig, chez les parents de la future; nous montâmes en calè-

che, et nous nous rendîmes au château, éloigné d'Ille d'environ une lieue et demie. Je fus présenté et accueilli comme l'ami de la famille. Je ne parlerai pas du dîner ni de la conversation qui s'ensuivit, et à laquelle je pris peu de part. M. Alphonse, placé à côté de sa future, lui disait un mot à l'oreille tous les quarts d'heure. Pour elle, elle ne levait guère les yeux, et, chaque fois que son prétendu lui parlait, elle rougissait avec modestie, mais lui répondait sans embarras.

Mlle de Puygarrig avait dix-huit ans, sa taille souple et délicate contrastait avec les formes osseuses de son robuste fiancé. Elle était non seulement belle, mais séduisante. J'admirais le naturel parfait de toutes ses réponses; et son air de bonté, qui pourtant n'était pas exempt d'une légère teinte de malice, me rappela, malgré moi, la Vénus de mon hôte. Dans cette comparaison que je fis en moi-même, je me demandais si la supériorité de beauté qu'il fallait bien accorder à la statue ne tenait pas, en grande partie, à son expression de tigresse; car l'énergie, même dans les mauvaises passions, excite toujours en nous un étonnement et une espèce d'admiration involontaire.

— Quel dommage, me dis-je en quittant Puygarrig, qu'une si aimable personne soit riche, et que sa dot la fasse rechercher par un homme indigne d'elle!

En revenant à Ille, et ne sachant trop que dire à Mme de Peyrehorade, à qui je croyais convenable d'adresser quelquefois la parole :

— Vous êtes bien esprits forts en Roussillon! m'écriai-je; comment, madame, vous faites un mariage un vendredi! A Paris nous aurions plus de superstition; personne n'oserait prendre femme un tel jour.

— Mon Dieu! ne m'en parlez pas, me dit-elle, si cela n'avait dépendu que de moi, certes on eût choisi un autre jour. Mais Peyrehorade l'a voulu, et il a fallu lui céder. Cela me fait de la peine pourtant. S'il arrivait quelque malheur? Il faut bien qu'il y ait une raison, car enfin pourquoi tout le monde a-t-il peur du vendredi?

— Vendredi! s'écria son mari, c'est le jour de Vénus! Bon jour pour un mariage! Vous le voyez, mon cher collègue, je ne pense qu'à ma Vénus. D'honneur! c'est à cause d'elle que j'ai choisi le vendredi. Demain, si vous voulez, avant la noce, nous lui ferons un petit sacrifice, nous sacrifierons deux palombes, et, si je savais où trouver de l'encens...

— Fi donc, Peyrehorade! interrompit sa femme scandalisée au dernier point. Encenser une idole! Ce serait une abomination! Que dirait-on de nous dans le pays?

— Au moins, dit M. de Peyrehorade, tu me permettras de lui mettre sur la tête une couronne de roses et de lis :

Vous le voyez, monsieur; la charte est un vain mot. Nous n'avons pas la liberté des cultes !

Les arrangements du lendemain furent réglés de la manière suivante. Tout le monde devait être prêt et en toilette à dix heures précises. Le chocolat pris, on se rendrait en voiture à Puygarrig. Le mariage civil devait se faire à la mairie du village, et la cérémonie religieuse dans la chapelle du château. Viendrait ensuite un déjeuner. Après le déjeuner on passerait le temps comme l'on pourrait jusqu'à sept heures. A sept heures, on retournerait à Ille, chez M. de Peyrehorade, où devaient souper les deux familles réunies. Le reste s'ensuit naturellement. Ne pouvant danser, on avait voulu manger le plus possible.

Dès huit heures, j'étais assis devant la Vénus, un crayon à la main, recommençant pour la vingtième fois la tête de la statue, sans pouvoir parvenir à en saisir l'expression. M. de Peyrehorade allait et venait autour de moi, me donnait des conseil, me répétait ses étymologies phéniciennes; puis disposait des roses du Bengale sur le piédestal de la statue, et d'un ton tragi-comique lui adressait des vœux pour le couple qui allait vivre sous son toit. Vers neuf heures il rentra pour songer à sa toilette, et en même temps parut M. Alphonse, bien serré dans un habit neuf, en gants blancs, souliers vernis; boutons ciselés, une rose à la boutonnière.

— Vous ferez le portrait de ma femme ? me dit-il en se penchant sur mon dessin. Elle est jolie aussi.

En ce moment commençait, sur le jeu de paume dont j'ai parlé, une partie qui, sur-le-champ, attira l'attention de M. Alphonse. Et moi, fatigué, et désespérant de rendre cette diabolique figure, je quittai bientôt mon dessin pour regarder les joueurs. Il y avait parmi eux quelques muletiers espagnols arrivés la veille. C'étaient des Aragonais et des Navarrois, presque tous d'une adresse merveilleuse. Aussi les Illois, bien qu'encouragés par la présence et les conseils de M. Alphonse, furent-ils assez promptement battus par ces nouveaux champions. Les spectateurs nationaux étaient consternés. M. Alphonse regarda à sa montre. Il n'était encore que neuf heures et demie. Sa mère n'était pas coiffée. Il n'hésita plus : il ôta son habit, demanda une veste, et défia les Espagnols. Je le regardais faire en souriant, et un peu surpris.

— Il faut soutenir l'honneur du pays, dit-il.

Alors je le trouvai beau. Il était passionné. Sa toilette, qui l'occupait si fort tout à l'heure, n'était plus rien pour lui. Quelques minutes avant, il eût craint de tourner la tête de peur de déranger sa cravate. Maintenant il ne pensait plus à ses cheveux frisés ni à son jabot si bien plissé. Et sa fiancée ?... Ma foi, si cela eût été nécessaire, il aurait, je crois, fait ajourner le mariage. Je le

vis chausser à la hâte une paire de sandales, retrousser ses manches, et, d'un air assuré, se mettre à la tête du parti vaincu, comme César ralliant ses soldats à Dyrrachium. Je sautai la haie, et me plaçai commodément à l'ombre d'un micocoulier, de façon à bien voir les deux camps.

Contre l'attente générale, M. Alphonse manqua la première balle; il est vrai qu'elle vint rasant la terre et lancée avec une force surprenante par un Aragonais qui paraissait être le chef des Espagnols.

C'était un homme d'une quarantaine d'année, sec et nerveux, haut de six pieds, et sa peau olivâtre avait une teinte presque aussi foncée que le bronze de la Vénus.

— C'est cette maudite bague! s'écria-t-il, qui me serre le doigt et me fait manquer une balle sûre !

Il ôta, non sans peine, sa bague de diamants : je m'approchais pour la recevoir; mais il me prévint, courut à la Vénus, lui passa la bague au doigt annulaire, et reprit son poste à la tête des Illois.

Il était pâle, mais calme et résolu. Dès lors il ne fit plus une seule faute, et les Espagnols furent battus complètement. Ce fut un beau spectacle que l'enthousiasme des spectateurs : les uns poussaient mille cris de joie en jetant leurs bonnets en l'air; d'autres lui serraient les mains, l'appelant l'honneur du pays. S'il eût repoussé une invasion, je doute qu'il eût reçu des félicitations plus vives et plus sincères. Le chagrin des vaincus ajoutait encore à l'éclat de sa victoire.

— Nous ferons d'autres parties, mon brave, dit-il à l'Aragonais d'un ton de supériorité; mais je vous rendrai des points.

J'aurais désiré que M. Alphonse fût plus modeste, et je fus presque peiné de l'humiliation de son rival.

Le géant espagnol ressentit profondément cette insulte. Je le vis pâlir sous sa peau basanée. Il regardait d'un air morne sa raquette en serrant les dents; puis, d'une voix étouffée, il dit tout bas : *Me lo pagarás*.

La voix de M. de Peyrehorade troubla le triomphe de son fils; mon hôte, fort étonné de ne point le trouver président aux apprêts de la calèche neuve, le fut bien plus encore en le voyant tout en sueur la raquette à la main. M. Alphonse courut à la maison, se lava la figure et les mains, remit son habit neuf et ses souliers vernis, et cinq minutes après nous étions au grand trot sur la route de Puygarrig. Tous les joueurs de paume de la ville et grand nombre de spectateurs nous suivirent avec des cris de joie. A peine les chevaux vigoureux qui nous traînaient pouvaient-ils maintenir leur avance sur ces intrépides Catalans.

Nous étions à Puygarrig, et le cortège allait se

mettre en marche pour la mairie, lorsque M. Alphonse se frappant le front, me dit tout bas :

— Quelle bourde ! J'ai oublié la bague ! Elle est au doigt de la Vénus, que le diable puisse emporter ! Ne le dites pas à ma mère au moins. Peut-être qu'elle ne s'apercevra de rien.

— Vous pourriez envoyer quelqu'un, lui dis-je.

— Bah ! mon domestique est resté à Ille, ceux-ci je ne m'y fie guère. Douze cents francs de diamants ! cela pourrait en tenter plus d'un. D'ailleurs que penserait-on ici de ma distraction ? Ils se moqueraient trop de moi. Ils m'appelleraient le mari de la statue... Pourvu qu'on ne me la vole pas ! Heureusement que l'idole fait peur à mes coquins. Ils n'osent l'approcher à longueur de bras. Bah ! ce n'est rien ; j'ai une autre bague.

Les deux cérémonies civile et religieuse s'accomplirent avec la pompe convenable ; et Mlle de Puygarrig reçut l'anneau d'une modiste de Paris, sans se douter que son fiancé lui faisait le sacrifice d'un gage amoureux. Puis on se mit à table, où l'on but, mangea, chanta même, le tout fort longuement. Je souffrais pour la mariée de la grosse joie qui éclatait autour d'elle : pourtant elle faisait meilleure contenance que je ne l'aurais espéré, et son embarras n'était ni de la gaucherie ni de l'affectation.

Peut-être le courage vient-il avec les situations difficiles.

Le déjeuner terminé quant il plut à Dieu, il était quatre heures, les hommes allèrent se promener dans le parc, qui était magnifique, ou regardèrent danser sur la pelouse du château les paysannes de Puygarrig, parées de leurs habits de fête. De la sorte, nous employâmes quelques heures. Cependant les femmes étaient fort empressées autour de la mariée, qui leur faisait admirer sa corbeille. Puis elle changea de toilette, et je remarquai qu'elle couvrit ses beaux cheveux d'un bonnet et d'un chapeau à plumes, car les femmes n'ont rien de plus pressé que de prendre, aussitôt qu'elles le peuvent, les parures que l'usage leur défend de porter quand elles sont encore demoiselles.

Il était près de huit heures quand on se disposa à partir pour Ille. Mais d'abord eu lieu une scène pathétique. La tante de Mlle de Puygarrig, qui lui servait de mère, femme très âgée et fort dévote, ne devait point aller avec nous à la ville. Au départ, elle fit à sa nièce un sermon touchant sur ses devoirs d'épouse, duquel sermon résulta un torrent de larmes et des embrassements sans fin. M. de Peyrehorade comparait cette séparation à l'enlèvement des Sabines. Nous partîmes pourtant, et pendant la route, chacun s'évertua pour distraire la mariée et la faire rire ; mais ce fut en vain.

A Ille, le souper nous attendait, et quel souper ! Si la grosse joie du matin m'avait choqué, je le fus bien davantage des équivoques et des plaisanteries dont le marié et la mariée surtout furent l'objet. Le marié, qui avait disparu un instant avant de se mettre à table, était pâle et d'un sérieux de glace. Il buvait à chaque instant du vieux vin de Collioure presque aussi fort que de l'eau-de-vie. J'étais à côté de lui, et me crus obligé de l'avertir :

— Prenez garde ! on dit que le vin...

Je ne sais quelle sottise je lui dis pour me mettre à l'unisson des convives.

Il me poussa le genou, et très bas, il me dit :

— Quand on se lèvera de table..., que je puisse vous dire deux mots.

Son ton solennel me surprit. Je le regardai plus attentivement, et je remarquai l'étrange altération de ses traits.

— Vous sentez-vous indisposé ? lui demandai-je.

— Non.

Et il se remit à boire.

Cependant, au milieu des cris et des battements de mains, un enfant de onze ans, qui s'était glissé sous la table, montrait aux assistants un joli ruban blanc et rose qu'il venait de détacher de la cheville de la mariée. On appelle cela sa jarretière. Elle fut aussitôt coupée par morceaux et distribuée aux jeunes gens, qui en ornèrent leur boutonnière, suivant un antique usage qui se conserve encore dans quelques familles patriarcales. Ce fut pour la mariée une occasion de rougir jusqu'au blanc des yeux... Mais son trouble fut au comble lorsque M. de Peyrehorade, ayant réclamé le silence, lui chanta quelques vers catalans, impromptus, disait-il. En voici le sens, si je l'ai bien compris :

« Qu'est-ce donc, mes amis ? le vin que j'ai bu « me fait-il voir double ? Il y a deux Vénus ici...»

Le marié tourna brusquement la tête d'un air effaré, qui fit rire tout le monde.

« Oui, poursuivit M. de Peyrehorade, il y a « deux Vénus sous mon toit. L'une, je l'ai trou- « vée dans la terre comme une truffe ; l'autre des- « cendue des cieux, vient de nous partager sa « ceinture...»

Il voulait dire sa jarretière.

« Mon fils, choisis de la Vénus romaine ou de la « catalane celle que tu préfères. Le maraud prend « la catalane, et sa part est la meilleure. La ro- « maine est noire, la catalane est blanche. La ro- « maine est froide, la catalane enflamme tout ce « qui l'approche. »

Cette chute excita un tel hourra, des applaudissements si bruyants et des rires si sonores, que je crus que le plafond allait nous tomber sur la tête. Autour de la table, il n'y avait que trois visages sérieux, ceux des mariés et le mien. J'avais un grand mal de tête ; et puis, je ne sais pourquoi un mariage m'attriste toujours. Celui-là, en outre, me dégoûtait un peu.

Les derniers couplets ayant été chantés par l'ad-

joint au maire, et ils étaient fort lestes, je dois le
dire, on passa dans le salon pour jouir du départ
de la mariée, qui devait être bientôt conduite à sa
chambre, car il était près de minuit.

M. Alphonse me tira dans l'embrasure d'une
fenêtre et me dit en détournant les yeux :

— Vous allez vous moquer de moi... Mais je ne
sais ce que j'ai... je suis ensorcelé ! le diable m'emporte !

La première pensée qui me vint fut qu'il se
croyait menacé de quelque malheur du genre de
ceux dont parlent Montaigne et Mme de Sévigné :

« Tout l'empire amoureux est plein d'histoires
tragiques, etc. »

Je croyais que ces sortes d'accidents n'arrivaient
qu'aux gens d'esprit, me dis-je à moi-même.

— Vous avez trop bu de vin de Collioure, mon
cher monsieur Alphonse, lui dis-je. Je vous avais
prévenu

— Oui, peut-être. Mais c'est quelque chose de
bien plus terrible.

Il avait la voix entrecoupée. Je le crus tout à
fait ivre.

— Vous savez bien mon anneau ? poursuivit-il
après un silence.

— Eh bien ! on l'a pris ?

— Non.

— En ce cas, vous l'avez ?

— Non... je... je ne puis l'ôter du doigt de cette
diable de Vénus.

— Bon ! vous n'avez pas tiré assez fort.

— Si fait... Mais la Vénus... elle a serré le
doigt.

— Quel conte ! lui dis-je. Vous avez trop en-
foncé l'anneau. Demain vous l'aurez avec des te-
nailles. Mais prenez garde de gâter la statue.

— Non, vous dis-je. Le doigt de la Vénus est
retiré, reployé ; elle serre la main, m'entendez-
vous ?... C'est ma femme, apparemment, puisque
je lui ai donné mon anneau... Elle ne veut plus le
rendre.

J'éprouvai un frisson subit, et j'eus un instant
la chair de poule. Puis, un grand soupir qu'il fit
m'envoya une bouffée de vin, et toute émotion disparut.

Le misérable, pensai-je, est complètement ivre.

— Vous êtes antiquaire, monsieur ; ajouta le
marié d'un ton lamentable ; vous connaissez ces
statues-là... il y a peut-être quelque ressort, quelque diablerie, que je ne connais point... Si vous
alliez voir ?

— Volontiers dis-je. Venez avec moi.

— Non, j'aime mieux que vous y alliez seul.

Je sortis du salon.

Le temps avait changé pendant le souper, et la
pluie commençait à tomber avec force. J'allais demander un parapluie, lorsqu'une réflexion m'arrêta. Je serais un bien grand sot, me dis-je, d'aller
vérifier ce que m'a dit un homme ivre ! Peut-être,

d'ailleurs, a-t-il voulu me faire quelque méchante
plaisanterie pour apprêter à rire à ces honnêtes
provinciaux ; et le moins qu'il puisse m'en arriver,
c'est d'être trempé jusqu'aux os et d'attraper un
bon rhume.

De la porte je jetai un coup d'œil sur la statue
ruisselante d'eau, et je montai dans ma chambre
sans rentrer dans le salon. Je me couchai ; mais le
sommeil fut long à venir. Toutes les scènes de la
journée se représentaient à mon esprit. Je pensais
à cette jeune fille si belle et si pure abandonnée à
un ivrogne brutal. Quelle odieuse chose, me disais-je, qu'un mariage de convenance ! Un maire
revêt une écharpe tricolore, un curé une étole, et
voilà la plus honnête fille du monde livrée au Mi-
notaure ! Deux êtres qui ne s'aiment pas, que peu-
vent-ils se dire dans un pareil moment, que deux
amants achèteraient au prix de leur existence ?
Une femme peut-elle jamais aimer un homme
qu'elle aura vu grossier une fois ? Les premières
impressions ne s'effacent pas, et, j'en suis sûr, ce
M. Alphonse méritera bien d'être haï...

Durant mon monologue, que j'abrège beaucoup,
j'avais entendu force allées et venues dans la maison, les portes s'ouvrir et se fermer, des voitures
partir ; puis il me semblait avoir entendu sur l'escalier les pas légers de plusieurs femmes se diri-
geant vers l'extrémité du corridor opposée à ma
chambre. C'était probablement le cortège de la
mariée qu'on menait au lit. Ensuite on avait re-
descendu l'escalier. La porte de Mme de Peyrehorade s'était fermée. Que cette pauvre fille, me dis-
je, doit être troublée et mal à son aise ! Je me
tournais dans mon lit de mauvaise humeur. Un
garçon joue un sot rôle dans une maison où s'ac-
complit un mariage.

Le silence régnait depuis quelque temps lorsqu'il fut troublé par des pas lourds qui montaient
l'escalier. Les marches de bois craquèrent fortement.

— Quel butor ! m'écriai-je. Je parie qu'il va
tomber dans l'escalier.

Tout redevint tranquille. Je pris un livre pour
changer le cours de mes idées. C'était une statis-
tique du département, ornée d'un mémoire de
M. de Peyrehorade sur les monuments druidiques
de l'arrondissement de Prades. Je m'assoupis à la
troisième page.

Je dormis mal et me réveillai plusieurs fois. Il
pouvait être cinq heures du matin, et j'étais
éveillé depuis plus de vingt minutes, lorsque le
coq chanta. Le jour allait se lever. Alors j'entendis
distinctement les mêmes pas lourds, le même craquement de l'escalier que j'avais entendu avant de
m'endormir. Cela me parut singulier. J'essayai, en
bâillant, de deviner pourquoi M. Alphonse se levait si matin. Je n'imaginais rien de semblable.
J'allais refermer les yeux lorsque mon attention
fut de nouveau excitée par des trépignements

étranges auxquels se mêlèrent bientôt le tintement des sonnettes et le bruit des portes qui s'ouvraient avec fracas, puis je distinguai des cris confus.

« Mon ivrogne aura mis le feu quelque part ! » pensais-je en sautant à bas de mon lit.

Je m'habillai rapidement et j'entrai dans le corridor. De l'extrémité opposée partaient des cris et des lamentations, et une voix déchirante dominait toutes les autres : « Mon fils ! mon fils ! » Il était évident qu'un malheur était arrivé à M. Alphonse. Je courus à la chambre nuptiale : elle était pleine de monde. Le premier spectacle qui frappa ma vue fut le jeune homme à demi vêtu, étendu en travers sur le lit dont le bois était brisé. Il était livide, sans mouvement. Sa mère pleurait et criait à côté de lui. M. de Peyrehorade s'agitait, lui frottait les tempes avec de l'eau de Cologne ou lui mettait des sels sous le nez. Hélas ! depuis longtemps son fils était mort. Sur un canapé, à l'autre bout de la chambre, était la mariée, en proie à d'horribles convulsions. Elle poussait des cris inarticulés, et deux robustes servantes avaient toutes les peines du monde à la contenir.

— Mon Dieu ! m'écriai-je, qu'est-il donc arrivé ?

Je m'approchai du lit et soulevai le corps du malheureux jeune homme; il était déjà raide et froid. Ses dents serrées et sa figure noircie exprimaient les plus affreuses angoisses. Il paraissait assez que sa mort avait été violente et son agonie terrible. Nulle trace de sang cependant sur ses habits. J'écartai sa chemise et vis sur sa poitrine une empreinte livide qui se prolongeait sur les côtes et le dos. On eût dit qu'il avait été étreint dans un cercle de fer. Mon pied posa sur quelque chose de dur qui se trouvait sur le tapis; je me baissai et vis la bague de diamants.

J'entraînai M. de Peyrehorade et sa femme dans leur chambre; puis j'y fis transporter la mariée.

— Vous avez encore une fille, leur dis-je, vous lui devez vos soins. Alors je les laissai seuls.

Il ne me paraissait pas douteux que M. Alphonse n'eût été victime d'un assassinat dont les auteurs avaient trouvé moyen de s'introduire la nuit dans la chambre de la mariée. Ces meurtrissures à la poitrine, leur direction circulaire m'embarrassaient beaucoup pourtant, car un bâton ou une barre de fer n'aurait pu les produire. Tout d'un coup je me souvins d'avoir entendu dire qu'à Valence des braves se servaient de longs sacs de cuir remplis de sable fin pour assommer les gens dont on leur avait payé la mort. Aussitôt, je me rappelai le muletier aragonais et sa menace; toutefois, j'osais à peine penser qu'il eût tiré une si terrible vengeance d'une plaisanterie légère.

J'allais dans la maison, cherchant partout des traces d'effraction, et n'en trouvant nulle part. Je descendis dans le jardin pour voir si les assassins avaient pu s'introduire de ce côté; mais je ne trouvai aucun indice certain. La pluie de la veille

avait d'ailleurs tellement détrempé le sol, qu'il n'aurait pu garder d'empreinte bien nette. J'observai pourtant quelques pas profondément imprimés dans la terre; il y en avait dans deux directions contraires, mais sur une même ligne, partant de l'angle de la haie contiguë au jeu de paume et aboutissant à la porte de la maison. Ce pouvaient être les pas de M. Alphonse lorsqu'il était allé chercher son anneau au doigt de la statue. D'un

Sa taille souple et délicate contrastait avec les formes osseuses de son robuste fiancé (p. 33).

autre côté, la haie, en cet endroit, était moins fourrée qu'ailleurs, ce devait être sur ce point que les meurtriers l'auraient franchie. Passant et repassant devant la statue, je m'arrêtai un instant pour la considérer. Cette fois, je l'avouerai, je ne pus contempler sans effroi son expression de méchanceté ironique; et, la tête toute pleine des scènes horribles dont je venais d'être le témoin, il me sembla voir une divinité infernale applaudissant au malheur qui frappait cette maison.

Je regagnai ma chambre et j'y restai jusqu'à midi. Alors je sortis et demandai des nouvelles de mes hôtes. Ils étaient un peu plus calmes. Mlle de Puygarrig, je devrais dire la veuve de M. Alphonse, avait repris connaissance. Elle avait même parlé au procureur du roi de Perpignan, alors en tournée à Ille, et ce magistrat avait reçu sa déposition. Il me demanda la mienne. Je lui dis ce que je savais, et ne lui cachai pas mes soupçons contre le muletier aragonais. Il ordonna qu'il fût arrêté sur-le-champ.

— Avez-vous appris quelque chose de Mme Alphonse ? demandai-je au procureur du roi, lorsque ma déposition fut écrite et signée.

— Cette malheureuse jeune personne est devenue folle, me dit-il en souriant tristement. Folle ! tout à fait folle. Voici ce qu'elle conte :

— Elle était couchée, dit-elle, depuis quelques minutes, les rideaux tirés, lorsque la porte de sa chambre s'ouvrit, et quelqu'un entra. Alors Mme Alphonse était dans la ruelle du lit, la figure tournée vers la muraille. Elle ne fit pas un mouvement, persuadée que c'était son mari. Au bout d'un instant, le lit cria comme s'il était chargé d'un poids énorme. Elle eut grand'peur, mais n'osa pas tourner la tête. Cinq minutes, dix minutes peut-être... elle ne peut se rendre compte du temps, se passèrent de la sorte. Puis elle fit un mouvement involontaire, ou bien la personne qui était dans le lit en fit un, et elle sentit le contact de quelque chose de froid comme la glace, ce sont ses expressions. Elle s'enfonça dans la ruelle, tremblant de tous ses membres. Peu après, la porte s'ouvrit une seconde fois, et quelqu'un entra, qui dit : « Bonsoir, ma petite femme. » Bientôt après, on tira les rideaux. Elle entendit un cri étouffé. La personne qui était dans le lit, à côté d'elle, se leva sur son séant et parut étendre les bras en avant. Elle tourna la tête alors,... et vit, dit-elle, son mari à genoux auprès du lit, la tête à la hauteur de l'oreiller, entre les bras d'une espèce de géant verdâtre qui l'étreignait avec force. Elle dit, et m'a répété vingt fois, pauvre femme !... elle dit qu'elle a reconnu... devinez-vous ? La Vénus de bronze, la statue de M. de Peyrehorade... Depuis qu'elle est dans le pays, tout le monde en rêve. Mais je reprends le récit de la malheureuse folle. A ce spectacle, elle perdit connaissance, et probablement depuis quelques instants elle avait perdu la raison. Elle ne peut en aucune façon dire combien de temps elle demeura évanouie. Revenue à elle, elle revit le fantôme, ou la statue, comme elle dit toujours, immobile, les jambes et le bas du corps dans le lit, le buste et les bras étendus en avant, et entre ses bras son mari, sans mouvement. Un coq chanta. Alors la statue sortit du lit, laissa tomber le cadavre et sortit. Mme Alphonse se pendit à la sonnette et vous savez le reste.

On amena l'Espagnol ; il était calme, et se défendit avec beaucoup de sang-froid et de présence d'esprit. Du reste, il ne nia pas le propos que j'avais entendu, mais il l'expliquait, prétendant qu'il n'avait voulu dire autre chose, sinon que le lendemain, reposé qu'il serait, il aurait gagné une partie de paume à son vainqueur. Je me rappelle qu'il ajouta :

Un Aragonais, lorsqu'il est outragé, n'attend pas au lendemain pour se venger. Si j'avais cru que M. Alphonse eût voulu m'insulter, je lui aurais sur-le-champ donné de mon couteau dans le ventre.

On compara ses souliers avec les empreintes de pas dans le jardin ; ses souliers étaient beaucoup plus grands.

Enfin l'hôtelier chez qui cet homme était logé assura qu'il avait passé toute la nuit à frotter et à médicamenter un de ses mulets qui était malade.

D'ailleurs cet Aragonais était un homme bien famé, fort connu dans le pays, où il venait tous les ans pour son commerce. On le relâcha donc en lui faisant des excuses.

J'oubliais la déposition d'un domestique qui le dernier avait vu M. Alphonse vivant. C'était au moment qu'il allait monter chez sa femme, et, appelant cet homme, il lui demanda d'un air d'inquiétude s'il savait où j'étais. Le domestique répondit qu'il ne m'avait point vu. Alors M. Alphonse fit un soupir et resta plus d'une minute sans parler, puis il dit : *Allons ! le diable l'aura emporté aussi !*

Je demandai à cet homme si M. Alphonse avait sa bague de diamants lorsqu'il lui parla. Le domestique hésita pour répondre ; enfin, il dit qu'il ne le croyait pas, qu'il n'y avait fait au reste aucune attention.

— S'il avait eu cette bague au doigt, ajouta-t-il en se reprenant, je l'aurais sans doute remarquée, car je croyais qu'il l'avait donnée à Mme Alphonse.

En questionnant cet homme je ressentais un peu de la terreur superstitieuse que la déposition de Mme Alphonse avait répandue dans toute la maison. Le procureur du roi me regarda en souriant, et je me gardai bien d'insister.

Quelques heures après les funérailles de M. Alphonse, je me disposai à quitter Ille. La voiture de M. de Peyrehorade devait me conduire à Perpignan. Malgré son état de faiblesse, le pauvre vieillard voulut m'accompagner jusqu'à la porte de son jardin. Nous le traversâmes en silence, lui se traînant à peine, appuyé sur mon bras. Au moment de nous séparer, je jetai un dernier regard sur la Vénus. Je prévoyais bien que mon hôte, quoiqu'il ne partageât point les terreurs et les haines qu'elle inspirait à une partie de sa famille, voudrait se défaire d'un objet qui lui rappellerait sans cesse un malheur affreux. Mon intention était de l'engager à la placer dans un musée. J'hésitais pour entrer en matière, quand M. de Peyrehorade tourna machinalement la tête du côté où il me voyait regarder fixement. Il aperçut la statue et aussitôt fondit en larmes. Je l'embrassai, et, sans oser lui dire un seul mot, je montai dans la voiture.

Depuis mon départ je n'ai point appris que

quelque jour nouveau soit venu éclairer cette mystérieuse catastrophe.

M. de Peyrehorade mourut quelques mois après son fils. Par son testament il m'a légué ses manuscrits, que je publierai peut-être un jour. Je n'y ai point trouvé le mémoire relatif aux inscriptions de la Vénus.

P.-S. Mon ami M. de P. vient de m'écrire de Perpignan que la statue n'existe plus. Après la mort de son mari, le premier soin de Mme de Peyrehorade fût de la faire fondre en cloche, et sous cette nouvelle forme elle sert à l'église d'Ille. Mais, ajoute M. de P., il semble qu'un mauvais sort poursuive ceux qui possèdent ce bronze. Depuis que cette cloche sonne à Ille, les vignes ont gelé deux fois.

TAMANGO

E capitaine Ledoux était un bon marin. Il avait commencé par être simple matelot, puis il devint aide-timonier. Au combat de Trafalgar, il eut la main gauche fracassée par un éclat de bois; il fut amputé, et congédié ensuite avec de bons certificats. Le repos ne lui convenait guère, et, l'occasion de se rembarquer se présentant, il servit, en qualité de second lieutenant, à bord d'un corsaire. L'argent qu'il retira de quelques prises lui permit d'acheter des livres et d'étudier la théorie de la navigation, dont il connaissait déjà parfaitement la pratique. Avec le temps, il devint capitaine d'un lougre corsaire de trois canons et de soixante hommes d'équipage, et les caboteurs de Jersey conservent encore le souvenir de ses exploits. La paix le désola : il avait amassé pendant la guerre une petite fortune, qu'il espérait augmenter aux dépens des Anglais. Force lui fut d'offrir ses services à de pacifiques négociants; et, comme il était connu pour un homme de résolution et d'expérience, on lui confia facilement un navire. Quand la traite des nègres fut défendue, et que, pour s'y livrer, il fallut non seulement tromper la vigilance des douaniers français, ce qui n'était pas très difficile, mais encore, et c'était le plus hasardeux, échapper aux croiseurs anglais, le capitaine Ledoux devint un homme précieux pour les trafiquants de bois d'ébène (1).

Bien différent de la plupart des marins qui ont langui longtemps comme lui dans les postes subalternes, il n'avait point cette horreur profonde des innovations, et cet esprit de routine qu'ils apportent trop souvent dans les grades supérieurs. Le capitaine Ledoux, au contraire, avait été le premier à recommander à son armateur l'usage des caisses en fer, destinées à contenir et conserver

d'eau. A son bord, les menottes et les chaînes, dont les bâtiments négriers ont provision, étaient fabriquées d'après un système nouveau, et soigneusement vernies pour les préserver de la rouille. Mais ce qui lui fit le plus d'honneur parmi les marchands d'esclaves, ce fut la construction, qu'il dirigea lui-même, d'un brick destiné à la traite, fin voilier, étroit, long comme un bâtiment de guerre, et cependant capable de contenir un très grand nombre de noirs. Il le nomma l'Espérance. Il voulut que les entre-ponts, étroits et rentrés, n'eussent que trois pieds quatre pouces de haut, prétendant que cette dimension permettait aux esclaves de taille raisonnable d'être commodément assis; et quel besoin ont-ils de se lever ?

— Arrivés aux colonies, disait Ledoux, ils ne resteront que trop sur leurs pieds !

Les noirs, le dos appuyé aux bordages du navire, et disposés sur deux lignes parallèles, laissaient entre leurs pieds un espace vide, qui, dans tous les autres négriers, ne sert qu'à la circulation. Ledoux imagina de placer dans cet intervalle d'autres nègres, couchés perpendiculairement aux premiers. De la sorte, son navire contenait une dizaine de nègres de plus qu'un autre du même tonnage. A la rigueur, on aurait pu en placer davantage; mais il faut avoir de l'humanité, et laisser à un nègre au moins cinq pieds en longueur et deux en largeur pour s'ébattre, pendant une traversée de six semaines et plus : « Car enfin, disait Ledoux à son armateur pour justifier cette mesure libérale, les nègres, après tout, sont des hommes comme les blancs ».

L'Espérance partit de Nantes un vendredi, comme le remarquèrent depuis des gens superstitieux. Les inspecteurs qui visitèrent scrupuleusement le brick ne découvrirent pas six grandes caisses remplies de chaînes, de menottes, et de ces fers que l'on nomme, je ne sais pourquoi, barres de justice. Ils ne furent point étonnés non plus de

---

(1) Nom que se donnent eux-mêmes les gens qui font la traite.

l'énorme provision d'eau que devait porter l'*Espérance*, qui, d'après ses papiers, n'allait qu'au Sénégal pour y faire le commerce de bois et d'ivoire. La traversée n'est pas longue, il est vrai, mais enfin le trop de précautions ne peut nuire. Si l'on était surpris par un calme, que deviendrait-on sans eau ?

L'Espérance partit donc un vendredi, bien gréée et bien équipée de tout. Ledoux aurait voulu peut-être des mâts un peu plus solides; cependant, tant qu'il commanda le bâtiment, il n'eut point à s'en plaindre. Sa traversé fut heureuse et rapide jusqu'à la côte d'Afrique. Il mouilla dans la rivière de Joale (je crois) dans un moment où les croiseurs anglais ne surveillaient point cette partie de la côte. Des courtiers du pays vinrent aussitôt à bord. Le moment était on ne peut plus favorable; Tamango, guerrier fameux et vendeur d'hommes, venait de conduire à la côte une grande quantité d'esclaves, et il s'en défaisait à bon marché, en homme qui se sent la force et les moyens d'approvisionner promptement la place, aussitôt que les objets de son commerce y deviennent rares.

Le capitaine Ledoux se fit descendre sur le rivage, et fit sa visite à Tamango. Il le trouva dans une case en paille qu'on lui avait élevée à la hâte, accompagné de ses deux femmes et de quelques sous-marchands et conducteurs d'esclaves. Tamango s'était paré pour recevoir le capitaine blanc. Il était vêtu d'un vieil habit d'uniforme bleu, ayant encore les galons de caporal; mais sur chaque épaule pendaient deux épaulettes d'or attachées au même bouton, et ballottant, l'une par devant, l'autre par derrière. Comme il n'avait pas de chemise, et que l'habit était un peu court pour un homme de sa taille, on remarquait entre ses revers blancs de l'habit et son caleçon de toile de Guinée une bande considérable de peau noire qui ressemblait à une large ceinture. Un grand sabre de cavalerie était suspendu à son côté au moyen d'une corde, et il tenait à la main un beau fusil à deux coups, de fabrique anglaise. Ainsi équipé, le guerrier africain croyait surpasser en élégance le petit-maître le plus accompli de Paris ou de Londres.

Le capitaine Ledoux le considéra quelque temps en silence, tandis que Tamango, se redressant à la manière d'un grenadier qui passe à la revue devant un général étranger, jouissait de l'impression qu'il croyait produire sur le blanc. Ledoux, après l'avoir examiné en connaisseur, se tourna vers son second et lui dit :

— Voilà un gaillard que je vendrais au moins mille écus, rendu sain et sans avaries à la Martinique.

On s'assit, et un matelot qui savait un peu la langue yolofe servit d'interprète. Les premiers compliments de politesse échangés, un mousse apporta un panier de bouteilles d'eau-de-vie; on

but, et le capitaine, pour mettre Tamango en belle humeur, lui fit présent d'une jolie poire à poudre en cuivre, ornée du portrait de Napoléon en relief. Le présent accepté avec la reconnaissance convenable, on sortit de la case, on s'assit à l'ombre en face des bouteilles d'eau-de-vie, et Tamango donna le signal de faire venir les esclaves qu'il avait à vendre.

Ils parurent sur une longue file, le corps courbé par la fatigue et la frayeur, chacun ayant le cou pris dans une fourche longue de plus de six pieds, dont les deux pointes étaient réunies vers la nuque par une barre de bois. Quand il faut se mettre en marche, un des conducteurs prend sur son épaule le manche de la fourche du premier esclave; celui-ci se charge de la fourche de l'homme qui le suit immédiatement; le second porte la fourche du troisième esclave, et ainsi des autres. S'agit-il de faire halte, le chef de file enfonce en terre le bout pointu du manche de sa fourche, et toute la colonne s'arrête. On juge facilement qu'il ne faut pas penser à s'échapper à la course, quand on porte attaché au cou un gros bâton de six pieds de longueur.

A chaque esclave mâle ou femelle qui passait devant lui, le capitaine haussait les épaules, trouvait les hommes chétifs, les femmes trop vieilles ou trop jeunes et se plaignait de l'abâtardissement de la race noire.

— Tout dégénère, disait-il; autrefois c'était bien différent. Les femmes avaient cinq pieds six pouces de haut, et quatre hommes auraient tourné seuls le cabestan d'une frégate, pour lever la maîtresse ancre.

Cependant, tout en critiquant, il faisait un premier choix des noirs les plus robustes et les plus beaux. Ceux-là, il pouvait les payer au prix ordinaire; mais, pour le reste, il demandait une forte diminution. Tamango, de son côté, défendait ses intérêts, vantait sa marchandise, parlait de la rareté des hommes et des périls de la traite. Il conclut en demandant un prix, je ne sais lequel, pour les esclaves que le capitaine blanc voulait charger à son bord.

Aussitôt que l'interprète eut traduit en français la proposition de Tamango, Ledoux manqua tomber à la renverse, de surprise et d'indignation ; puis, murmurant quelques jurements affreux, il se leva comme pour rompre tout marché avec un homme aussi déraisonnable. Alors Tamango le retint; il parvint avec peine à le faire rasseoir. Une nouvelle bouteille fut débouchée, et la discussion recommença. Ce fut le tour du noir à trouver folles et extravagantes les propositions du blanc. On cria, on disputa longtemps, on but prodigieusement d'eau-de-vie; mais l'eau-de-vie produisait un effet bien différent sur les deux parties contractantes. Plus le Français buvait, plus il réduisait ses offres; plus l'Africain buvait, plus il cédait de ses prétentions. De la sorte, à la fin du panier, on tomba d'accord. De mauvaises cotonnades, de la poudre, des pierres à feu, trois barriques d'eau-de-vie, cinquante fusils mal raccommodés furent donnés en échange de cent soixante esclaves. Le capitaine, pour ratifier le traité, frappa dans la main du noir plus qu'à moitié ivre, et aussitôt les esclaves furent remis aux matelots français, qui se hâtèrent de leur ôter leurs fourches de bois pour leur donner des carcans et des menottes en fer; ce qui montre bien la supériorité de la civilisation européenne.

Restaient encore une trentaine d'esclaves : c'étaient des enfants, des vieillards, des femmes infirmes. Le navire était plein.

Tamango, qui ne savait que faire de ce rebut, offrit au capitaine de les lui vendre pour une bouteille d'eau-de-vie la pièce. L'offre était séduisante. Ledoux se souvint qu'à la représentation des *Vêpres Siciliennes* à Nantes, il avait vu bon nombre de gens gros et gras entrer dans un parterre déjà plein, et parvenir cependant à s'y asseoir, en vertu de la compressibilité des corps humains. Il prit les vingt plus sveltes des trente esclaves.

Alors Tamango ne demanda plus qu'un verre d'eau-de-vie pour chacun des dix restants. Ledoux réfléchit que les enfants ne payent et n'occupent que demi-place dans les voitures publiques. Il prit donc trois enfants; mais il déclara qu'il ne voulait plus se charger d'un seul noir. Tamango, voyant qu'il lui restait encore sept esclaves sur les bras, saisit son fusil et coucha en joue une femme qui venait la première : c'était la mère de trois enfants.

— Achète, dit-il ou je la tue; un petit verre d'eau-de-vie ou je tire.

— Et que diable veux-tu que j'en fasse ? répondit Ledoux.

Tamango fit feu, et l'esclave tomba morte à terre.

— Allons, à un autre ! s'écria Tamango en visant un vieillard tout cassé : un verre d'eau-de-vie, ou bien...

Une de ses femmes lui détourna le bras, et le coup parti au hasard. Elle venait de reconnaître dans le vieillard que son mari allait tuer un *guiriot* ou magicien, qui lui avait prédit qu'elle serait reine.

Tamango, que l'eau-de-vie avait rendu furieux, ne se posséda plus en voyant qu'on s'opposait à ses volontés. Il frappa rudement sa femme de la crosse de son fusil; puis se tournant vers Ledoux:

— Tiens, dit-il, je te donne cette femme.

Elle était jolie. Ledoux la regarda en souriant, puis il la prit par la main :

— Je trouverai bien où la mettre, dit-il.

L'interprète était un homme humain. Il donna une tabatière de carton à Tamango, et lui demanda les six esclaves restants. Il les délivra de leurs fourches, et leur permit de s'en aller où bon leur semblerait. Aussitôt, ils se sauvèrent, qui deçà, qui delà, fort embarrassés de retourner dans leur pays à deux cents lieues de la côte.

Cependant le capitaine dit adieu à Tamango et s'occupa de faire au plus vite embarquer sa cargaison. Il n'était pas prudent de rester longtemps en rivière; les croiseurs pouvaient reparaître, et il voulait appareiller le lendemain. Pour Tamango, il se coucha sur l'herbe, à l'ombre, et dormit pour cuver son eau-de-vie.

Quand il se réveilla, le vaisseau était déjà sous voiles et descendait la rivière. Tamango la tête encore embarrassée de la débauche de la veille, demanda sa femme Ayché. On lui répondit qu'elle avait eu le malheur de lui déplaire, et qu'il l'avait donnée en présent au capitaine blanc, lequel l'avait emmenée à son bord. A cette nouvelle, Tamango stupéfait se frappa la tête, puis il prit son fusil, et, comme la rivière faisait plusieurs détours avant de se décharger dans la mer, il courut, par le chemin le plus direct, à une petite anse, éloignée de l'embouchure d'une demi-lieue. Là, il espérait trouver un canot avec lequel il pourrait joindre le brick, dont les sinuosités de la rivière devaient retarder la marche. Il ne se trompait pas: en effet, il eut le temps de se jeter dans un canot et de joindre le négrier.

Ledoux fut surpris de le voir, mais encore plus de l'entendre redemander sa femme.

— Bien donné ne se reprend plus, répondit-il.

Et il lui tourna le dos.

Le noir insista, offrant de rendre une partie des objets qu'il avait reçus en échange des esclaves. Le capitaine se mit à rire; dit qu'Ayché était une très bonne femme, et qu'il voulait la garder. Alors le pauvre Tamango versa un torrent de larmes, et poussa des cris de douleur aussi aigus que ceux d'un malheureux qui subit une opération chirurgicale. Tantôt il se roulait sur le pont en appelant sa chère Ayché; tantôt il se frappait la tête contre les planches, comme pour se tuer. Toujours impassible, le capitaine, en lui montrant le rivage, lui faisait signe qu'il était temps pour lui de s'en aller; mais Tamango persistait. Il offrit jusqu'à ses épaulettes d'or, son fusil et son sabre. Tout fut inutile.

Pendant ce débat, le lieutenant de l'*Espérance* dit au capitaine :

— Il nous est mort cette nuit trois esclaves, nous avons de la place. Pourquoi ne prendrions-nous pas ce vigoureux coquin, qui vaut mieux à lui seul que les trois morts ? Ledoux fit réflexion que Tamango se vendrait bien mille écus; que ce voyage, qui s'annonçait comme très profitable pour lui, serait probablement son dernier; qu'enfin sa fortune étant faite, et lui renonçant au commerce d'esclaves, peu lui importait de laisser à la côte de Guinée une bonne ou une mauvaise réputation. D'ailleurs, le rivage était désert, et le guerrier africain entièrement à sa merci. Il ne s'agissait plus que de lui enlever ses armes· car il eût été dangereux de mettre la main sur lui pendant qu'il les avait encore en sa possession. Ledoux lui demanda donc son fusil, comme pour l'examiner et s'assurer s'il valait bien autant que la belle Ayché. En faisant jouer les ressorts, il eut soin de laisser tomber la poudre de l'amorce. Le lieutenant de son côté maniait le sabre; et, Tamango se trouvant ainsi désarmé, deux vigoureux matelots se jetèrent sur lui, le renversèrent sur le dos, et se mirent en devoir de le garrotter. La résistance du noir fut héroïque. Revenu de sa première surprise, et malgré le désavantage de sa position il lutta longtemps contre les deux matelots. Grâce à sa force prodigieuse, il parvint à se relever. D'un coup de poing, il terrassa l'homme qui le tenait au collet; il laissa un morceau de son habit entre les mains de l'autre matelot, et s'élança comme un furieux sur le lieutenant pour lui arracher son sabre. Celui-ci l'en frappa à la tête, et lui fit une blessure large, mais peu profonde. Tamango tomba une seconde fois. Aussitôt on lui lia fortement les pieds et les mains. Tandis qu'il se défendait, il poussait des cris de rage, et s'agitait comme un sanglier pris dans les toiles; mais, lorsqu'il vit que toute résistance était inutile, il ferma les yeux et ne fit plus aucun mouvement. Sa respiration forte et précipitée prouvait seule qu'il était encore vivant.

— Parbleu! s'écria le capitaine Ledoux, les noirs qu'il a vendus vont rire de bon cœur en le voyant esclave à son tour. C'est pour le coup qu'ils verront bien qu'il y a une Providence.

Cependant le pauvre Tamango perdait tout son sang. Le charitable interprète qui, la veille, avait sauvé la vie à six esclaves, s'approcha de lui, banda sa blessure et lui adressa quelques paroles de consolation. Ce qu'il put lui dire, je l'ignore. Le noir restait immobile, ainsi qu'un cadavre. Il fallut que deux matelots le portassent comme un paquet dans l'entre-pont, à la place qui lui était destinée. Pendant deux jours, il ne voulut ni boire ni manger; à peine lui vit-on ouvrir les yeux. Ses compagnons de captivité, autrefois ses prisonniers, le virent paraître au milieu d'eux avec un étonnement stupide. Telle était la crainte qu'il leur inspirait encore, que pas un seul n'osa insulter à la misère de celui qui avait causé la leur.

Favorisé par un bon vent de terre, le vaisseau s'éloignait rapidement de la côte d'Afrique. Déjà sans inquiétude au sujet de la croisière anglaise, le capitaine ne pensait plus qu'aux énormes bénéfices qui l'attendaient dans les colonies vers lesquelles il se dirigeait. Son bois d'ébène se maintenait sans avaries. Point de maladies contagieuses. Douze nègres seulement, et des plus faibles, étaient morts de chaleur : c'était bagatelle. Afin que sa cargaison humaine souffrît le moins possible des fatigues de la traversée, il avait l'attention de faire monter tous les jours ses esclaves sur le pont. Tour à tour un tiers de ces malheureux avait une heure pour faire sa provision d'air de toute la journée. Une partie de l'équipage les surveillait, armée jusqu'aux dents, de peur de révolte; d'ailleurs, on avait soin de ne jamais ôter entièrement leurs fers. Quelquefois un matelot qui savait jouer du violon les régalait d'un concert. Il était alors curieux de voir toutes ces figures noires se tourner vers le musicien, perdre par degrés leur expression de désespoir stupide, rire d'un gros rire et battre des mains quand leurs chaînes le leur permettaient. L'exercice est nécessaire à la santé; aussi l'une des salutaires pratiques du capitaine Ledoux, c'était de faire souvent danser ses esclaves, comme on fait piaffer des chevaux embarqués pour une traversée.

— Allons, mes enfants, dansez, amusez-vous, disait le capitaine d'une voix de tonnerre, en faisant claquer un énorme fouet de poste.

Et aussitôt les pauvres noirs sautaient et dansaient.

Quelque temps la blessure de Tamango le retint sous les écoutilles. Il parut enfin sur le pont; et d'abord, relevant la tête avec fierté au milieu de la foule craintive des esclaves, il jeta un coup d'œil triste, mais calme, sur l'immense étendue d'eau qui environnait le navire, puis il se coucha ou plutôt se laissa tomber sur les planches du tillac, sans prendre même le soin d'arranger ses fers de manière qu'ils lui fussent moins incommodes. Ledoux, assis au gaillard d'arrière, fumait tranquillement sa pipe. Près de lui, Ayché, sans fers, vêtue d'une robe élégante de cotonnade bleue, les pieds chaussés de jolies pantoufles de maroquin, portant à la main un plateau chargé de liqueurs, se tenait prête à lui verser à boire. Il était évident qu'elle remplissait de hautes fonctions auprès du capitaine. Un noir, qui détestait Tamango, lui fit signe de regarder de ce côté. Tamango tourna la tête, l'aperçut, poussa un cri; et, se levant avec impétuosité, courut vers le gaillard d'arrière avant que les matelots de garde eussent pu s'opposer à une infraction aussi énorme de toute discipline navale :

— Ayché! cria-t-il d'une voix foudroyante, et Ayché poussa un cri de terreur; crois-tu que dans le pays des blancs il n'y ait point de Mama-Jumbo?

Déjà des matelots accouraient le bâton levé; mais Tamango, les bras croisés, et comme insensible, retournait tranquillement à sa place, tandis qu'Ayché, fondant en larmes, semblait pétrifiée par ces mystérieuses paroles.

L'interprète expliqua ce qu'était ce terrible Mama-Jumbo, dont le nom seul produisait tant d'horreur.

— C'est le Croquemitaine des nègres, dit-il. Quand un mari a peur que sa femme ne fasse ce que font bien des femmes en France comme en Afrique, il la menace du Mama-Jumbo. Moi, qui vous parle, j'ai vu le Mama-Jumbo, et j'ai compris la ruse; mais les noirs..., comme c'est simple, cela ne comprend rien. — Figurez-vous qu'un soir, pendant que les femmes s'amusaient à danser, à faire un *folgar*, comme ils disent dans leur jargon, voilà que, d'un petit bois bien touffu et bien sombre, on entend une musique étrange, sans que l'on vît personne pour la faire; tous les musiciens étaient cachés dans le bois. Il y avait des flûtes de roseau, des tambourins de bois, des *balafos*, et des guitares faites avec des moitiées de calebasses. Tout cela jouait un air à porter le diable en terre. Les femmes n'ont pas plus tôt entendu cet air-là, qu'elles se mettent à trembler, elles veulent se sauver, mais les maris les retiennent : elles savaient bien ce qui leur pendait à l'oreille. Tout à coup sort du bois une grande figure blanche, haute comme notre mât de perroquet, avec une tête grosse comme un boisseau, des yeux larges comme des écubiers, et une gueule comme celle du diable, avec du feu dedans. Cela marchait lentement, lentement; et cela n'alla pas plus loin qu'à demi-encâblure du bois. Les femmes criaient :

— Voilà Mama-Jumbo !

Elles braillaient comme des vendeuses d'huîtres. Alors les maris leur disaient :

— Allons, coquines, dites-nous si vous avez été sages; si vous mentez, Mama-Jumbo est là pour vous manger toutes crues. Il y en avait qui étaient assez simples pour avouer, et alors les maris les battaient comme plâtre.

— Et qu'était-ce donc que cette figure blanche, ce Mama-Jumbo ? demanda le capitaine.

— Eh bien, c'était un farceur affublé d'un grand drap blanc, portant, au lieu de tête, une citrouille creusée et garnie d'une chandelle allumée au bout d'un grand bâton. Cela n'est pas plus malin, et il ne faut pas de grands frais d'esprit pour attraper les noirs. Avec tout cela, c'est une bonne invention que le Mama-Jumbo, et je voudrais que ma femme y crût.

— Pour la mienne, dit Ledoux, si elle n'a pas peur de Mama-Jumbo, elle a peur de Martin-Bâton; et elle sait de reste comment je l'arrangerais si elle me jouait quelque tour. Nous ne sommes pas endurants dans la famille des Ledoux, et, quoique je n'aie qu'un poignet, il manie encore assez bien une garcette. Quant à votre drôle là-bas, qui parle du Mama-Jumbo, dites-lui qu'il se tienne bien et qu'il ne fasse pas peur à la petite mère que voici, ou je lui ferai si bien ratisser l'échine, que son cuir, de noir, deviendra rouge comme un rosbif cru.

A ces mots, le capitaine descendit dans sa chambre, fit venir Ayché et tâcha de la consoler: mais ni les caresses, ni les coups mêmes, car on perd patience à la fin, ne purent rendre traitable la belle négresse; des flots de larmes coulaient de ses yeux. Le capitaine remonta sur le pont, de mauvaise humeur, et querella l'officier de quart sur la manœuvre qu'il commandait dans le moment.

La nuit, lorsque presque tout l'équipage dormait d'un profond sommeil, les hommes de garde entendirent d'abord un chant grave, solennel, lugubre, qui partait de l'entre-pont, puis un cri de femme horriblement aigu. Aussitôt après, la grosse voix de Ledoux jurant et menaçant, et le bruit de son terrible fouet, retentirent dans tout le bâtiment. Un instant après, tout rentra dans le silence. Le lendemain, Tamango parut sur le pont la figure meurtrie, mais l'air aussi fier, aussi résolu qu'auparavant.

A peine Ayché l'eut-elle aperçu, que, quittant le gaillard d'arrière où elle était assise à côté du capitaine, elle courut avec rapidité vers Tamango, s'agenouilla devant lui, et lui dit avec un accent de désespoir concentré :

— Pardonne-moi, Tamango, pardonne-moi !

Tamango la regarda fixement pendant une minute; puis, remarquant que l'interprète était éloigné :

— Une lime ! dit-il.

Et il se coucha sur le tillac en tournant le dos à Ayché. Le capitaine la réprimanda vertement, lui donna même quelques soufflets, et lui défendit de parler à son ex-mari; mais il était loin de soupçonner le sens des courtes paroles qu'ils avaient échangées, et il ne fit aucune question à ce sujet.

Cependant Tamango, enfermé avec les autres esclaves, les exhortait jour et nuit à tenter un effort généreux pour recouvrer leur liberté. Il leur parlait du petit nombre des blancs, et leur faisait remarquer la négligence toujours croissante de leurs gardiens; puis, sans s'expliquer nettement, il disait qu'il saurait les ramener dans leur pays, vantait son savoir dans les sciences occultes, dont les noirs sont fort entichés, et menaçait de la vengeance du diable ceux qui se refuseraient de l'aider dans son entreprise. Dans ses harangues, il ne se servait que du dialecte des Peules, qu'entendaient la plupart des esclaves, mais que l'interprète ne comprenait pas. La réputation de l'orateur, l'habitude qu'avaient les esclaves de le craindre et de lui obéir, vinrent merveilleusement au secours de son éloquence, et les noirs le pressèrent de fixer un jour pour leur délivrance, bien avant que lui-même se crût en état de l'effectuer. Il répondait vaguement aux conjurés que le temps n'était pas venu, et que le diable, qui lui apparaissait en songe, ne l'avait pas encore averti, mais qu'ils eussent à se tenir prêts au premier signal.

Cependant il ne négligeait aucune occasion de faire des expériences sur la vigilance de ses gardiens. Une fois, un matelot, laissant son fusil appuyé contre les plats-bords, s'amusait à regarder une troupe de poissons volants qui suivaient le vaisseau; Tamango prit le fusil et se mit à le manier, imitant avec des gestes grotesques les mouvements qu'il avait vu faire à des matelots qui faisaient l'exercice. On lui retira le fusil au bout d'un instant; mais il avait appris qu'il pourrait toucher une arme sans éveiller immédiatement le soupçon; et, quand le temps viendrait de s'en servir, bien hardi celui qui voudrait la lui arracher des mains.

Un jour, Ayché lui jeta un biscuit en lui faisant un signe que lui seul comprit. Le biscuit contenait une petite lime : c'était de cet instrument que dépendait la réussite du complot. D'abord Tamango se garda bien de montrer la lime à ses compagnons; mais, lorsque la nuit fut venue, il se mit à murmurer des paroles inintelligibles qu'il accompagnait de gestes bizarres. Par degrés, il s'anima jusqu'à pousser des cris. A entendre les intonations variées de sa voix, on eût dit qu'il était engagé dans une conversation animée avec une personne invisible. Tous les esclaves tremblaient, ne doutant pas que le diable ne fût en ce moment même au milieu d'eux. Tamango mit fin à cette scène en poussant un cri de joie.

— Camarades, s'écria-t-il, l'esprit que j'ai conjuré vient enfin de m'accorder ce qu'il m'avait promis, et je tiens dans mes mains l'instrument de notre délivrance. Maintenant il ne vous faut plus qu'un peu de courage pour vous faire libres.

Il fit toucher la lime à ses voisins, et la fourbe, toute grossière qu'elle était, trouva créance auprès d'hommes encore plus grossiers.

Après une longue attente vint le grand jour de vengeance et de liberté. Les conjurés, liés entre eux par un serment solennel, avaient arrêté leur plan après une mûre délibération. Les plus déterminés, ayant Tamango à leur tête, lorsqu'ils monteraient à leur tour sur le pont, devaient s'emparer des armes de leurs gardiens; quelques autres iraient à la chambre du capitaine pour y prendre les fusils qui s'y trouvaient. Ceux qui seraient parvenus à limer leurs fers devaient commencer l'attaque; mais, malgré le travail opiniâtre de plusieurs nuits, le plus grand nombre des esclaves était encore incapable de prendre une part énergique à l'action. Aussi trois noirs robustes avaient la charge de tuer l'homme qui portait dans sa poche la clef des fers, et d'aller aussitôt délivrer leurs compagnons enchaînés.

Ce jour-là, le capitaine Ledoux était d'une humeur charmante; contre sa coutume, il fit grâce à un mousse qui avait mérité le fouet. Il complimenta l'officier de quart sur sa manœuvre, déclara à l'équipage qu'il était content, et lui annonça qu'à la Martinique, où ils arriveraient dans peu, chaque homme recevrait une gratification. Tous les matelots, entretenant de si agréables idées, faisaient déjà dans leur tête l'emploi de cette gratification. Ils pensaient à l'eau-de-vie et aux femmes de couleur de la Martinique, lorsqu'on fit monter sur le pont Tamango et les autres conjurés.

Ils avaient eu soin de limer leurs fers de manière qu'ils ne parussent pas être coupés, et que le moindre effort suffît cependant pour les rompre. D'ailleurs, ils les faisaient si bien résonner, qu'à les entendre on eût dit qu'ils en portaient un double poids. Après avoir humé l'air quelque temps, ils se prirent tous par la main et se mirent à danser pendant que Tamango entonnait le chant guerrier de sa famille (1), qu'il chantait autrefois avant d'aller au combat. Quand la danse eut duré quelque temps, Tamango, comme épuisé de fatigue, se coucha tout de son long aux pieds d'un matelot qui s'appuyait nonchalamment contre les plats-bords du navire; tous les conjurés en firent autant. De la sorte, chaque matelot était entouré de plusieurs noirs.

Tout à coup Tamango, qui venait doucement de rompre ses fers, pousse un grand cri, qui devait servir de signal, tire violemment par les jambes le matelot qui se trouvait près de lui, le culbute, et, lui mettant le pied sur le ventre, lui arrache son fusil, et s'en sert pour tuer l'officier de quart. En même temps, chaque matelot de garde est assailli, désarmé et aussitôt égorgé. De toutes parts, un cri de guerre s'élève. Le contre-maître, qui avait la clef des fers, succombe un des premiers. Alors une foule de noirs inondent le tillac. Ceux qui ne peuvent trouver d'armes saisissent les barres du cabestan ou les rames de la chaloupe. Dès ce moment, l'équipage européen fut perdu. Cependant quelques matelots firent tête sur le gaillard d'arrière; mais ils manquaient d'armes et de résolution. Ledoux était encore vivant et n'avait rien perdu de son courage. S'apercevant que Tamango était l'âme de la conjuration, il espéra que, s'il pouvait le tuer, il aurait bon marché de ses complices. Il s'élança donc à sa rencontre le sabre à la main en l'appelant à grands cris. Aussitôt Tamango se précipita sur lui: Il tenait un fusil par le bout du canon et s'en servait comme d'une massue. Les deux chefs se joignirent sur un des passavants, ce passage étroit qui communique du gaillard d'avant à l'arrière. Tamango frappa le premier. Par un léger mouvement de corps, le blanc évita le coup. La crosse, tombant avec force sur les planches, se brisa, et le contre-coup fut si violent, que le fusil échappa des mains de Tamango. Il était sans défense, et Ledoux, avec un sourire de joie diabolique, levait le bras et allait le percer; mais Tamango était aussi agile

____

(1) Chaque capitaine nègre a le sien.

que les panthères de son pays. Il s'élança dans les bras de son adversaire, et lui saisit la main dont il tenait son sabre. L'un s'efforce de retenir son arme, l'autre de l'arracher. Dans cette lutte furieuse, ils tombent tous les deux; mais l'Africain avait le dessous. Alors, sans se décourager, Tamango, étreignant son adversaire de toute sa force, le mordit à la gorge avec tant de violence, que le sang jaillit comme sous la dent d'un lion. Le sabre échappa de la main défaillante du capitaine. Tamango s'en saisit; puis, se relevant, la bouche sanglante, et poussant un cri de triomphe, il perça de coups redoublés son ennemi déjà demi-mort.

La victoire n'était plus douteuse. Le peu de matelots qui restaient essayèrent d'implorer la pitié des révoltés; mais tous, jusqu'à l'interprète, qui ne leur avait jamais fait de mal, furent impitoyablement massacrés. Le lieutenant mourut avec gloire. Il s'était retiré à l'arrière, auprès d'un de ces petits canons qui tournent sur un pivot, et que l'on charge de mitraille. De la main gauche, il dirigea la pièce, et, de la droite, armé d'un sabre, il se défendit si bien qu'il attira autour de lui une foule de noirs. Alors, pressant la détente du canon, il fit au milieu de cette masse serrée une large rue pavée de morts et de mourants. Un instant après il fut mis en pièces.

Lorsque le cadavre du dernier blanc, déchiqueté et coupé par morceaux, eut été jeté à la mer, les noirs rassasiés de vengeance, levèrent les yeux vers les voiles du navire, qui, toujours enflées par un vent frais, semblaient obéir encore à leurs oppresseurs et mener les vainqueurs, malgré leur triomphe, dans la terre d'esclavage.

— Rien n'est donc fait, pensèrent-ils avec tristesse; et ce grand fétiche des blancs voudra-t-il nous ramener dans notre pays, nous qui avons versé le sang de ses maîtres?

Quelques uns dirent que Tamango saurait le faire obéir. Aussitôt on appelle Tamango à grands cris.

Il ne se pressait pas de se montrer. On le trouva dans la chambre de poupe, debout, une main appuyée sur le sabre sanglant du capitaine; l'autre, il la tendait d'un air distrait à sa femme Ayché, qui la baisait, à genoux devant lui. La joie d'avoir vaincu ne diminuait pas une sombre inquiétude qui se trahissait dans toute sa contenance. Moins

Il perça de coups redoublés son ennemi déjà demi-mort (p. 45).

grossier que les autres, il sentait mieux la difficulté de sa position.

Il parut enfin sur le tillac, affectant un calme qu'il n'éprouvait pas. Pressé par cent voix confuses de diriger la course du vaisseau, il s'approcha du gouvernail à pas lents, comme pour retarder un peu le moment qui allait, pour lui-même et pour les autres, décider de l'étendue de son pouvoir.

Dans tout le vaisseau, il n'y avait pas un noir, si stupide qu'il fût, qui n'eût remarqué l'influence qu'une certaine roue et la boîte placée en face exerçaient sur les mouvements du navire; mais, dans ce mécanisme, il y avait toujours pour eux un grand mystère. Tamango examina la boussole pendant longtemps en remuant les lèvres, comme s'il lisait les caractères qu'il y voyait tracés; puis il portait la main à son front, et prenait l'attitude pensive d'un homme qui fait un calcul de tête. Tous les noirs l'entouraient, la bouche béante, les yeux démesurément ouverts, suivant avec anxiété le moindre de ses gestes. Enfin, avec ce mélange de crainte et de confiance que l'ignorance donne, il imprima un violent mouvement à la roue du gouvernail.

Comme un généreux coursier qui se cabre sous l'éperon d'un cavalier imprudent, le beau brick *l'Espérance* bondit sur la vague à cette manœuvre inouïe. On eût dit qu'indigné il voulait s'engloutir avec son pilote ignorant. Le rapport nécessaire entre la direction des voiles et celle du gouvernail étant brusquement rompu, le vaisseau s'inclina avec tant de violence, qu'on eût dit qu'il allait s'abîmer. Ses longues vergues plongèrent dans la mer. Plusieurs hommes furent renversés; quelques-uns tombèrent par-dessus le bord. Bientôt le vaisseau se releva fièrement contre la lame comme pour lutter encore une fois avec la destruction. Le vent redoubla d'efforts, et tout d'un coup, avec un bruit horrible, tombèrent les deux mâts, cassés à quelques pieds du pont, couvrant le tillac de débris et comme d'un lourd filet de cordages.

Les nègres épouvantés fuyaient sous les écoutilles en poussant des cris de terreur; mais comme le vent ne trouvait plus de prise, le vaisseau se releva et se laissa doucement balloter par les flots. Alors les plus hardis des noirs remontèrent sur le tillac et le débarrassèrent des débris qui l'obstruaient. Tamango restait immobile, le coude appuyé sur l'habitacle et se cachant le visage sur son bras replié. Ayché était auprès de lui, mais n'osait lui adresser la parole. Peu à peu les noirs s'approchèrent; un murmure s'éleva, qui bientôt se changea en un orage de reproches et d'injures.

— Perfide! imposteur! s'écriaient-ils, c'est toi qui as causé tous nos maux, c'est toi qui nous as vendus aux blancs, c'est toi qui nous as contraints de nous révolter contre eux. Tu nous avais vanté ton savoir, tu nous avais promis de nous ramener dans notre pays. Nous t'avons cru, insensés que nous étions! et voilà que nous avons manqué de périr tous parce que tu as offensé le fétiche des blancs.

Tamango releva fièrement la tête, et les noirs qui l'entouraient reculèrent intimidés. Il ramassa deux fusils, fit signe à sa femme de le suivre, traversa la foule, qui s'ouvrit devant lui, et se dirigea vers l'avant du vaisseau. Là, il se fit comme un rempart avec des tonneaux vides et des planches; puis il s'assit au milieu de cette espèce de retranchement, d'où sortaient menaçantes les baïonnettes de ses deux fusils. On le laissa tranquille. Parmi les révoltés, les uns pleuraient; d'autres, levant les mains au ciel, invoquaient leurs fétiches et ceux des blancs; ceux-ci, à genoux devant la boussole, dont ils admiraient le mouvement continuel, la suppliaient de les ramener dans leur pays; ceux-là se couchaient sur le tillac dans un morne abattement. Au milieu de ces désespérés qu'on se représente des femmes et des enfants hurlant d'effroi, et une vingtaine de blessés implorant des secours que personne ne pensait à leur donner.

Tout à coup un nègre paraît sur le tillac : son visage est radieux. Il annonce qu'il vient de découvrir l'endroit où les blancs gardent leur eau-de-vie; sa joie et sa contenance prouvent assez qu'il vient d'en faire l'essai. Cette nouvelle suspend un instant les cris de ces malheureux. Ils courent à la cambuse et se gorgent de liqueur. Une heure après, on les eût vus sauter et rire sur le pont, se livrant à toutes les extravagances de l'ivresse la plus brutale. Leurs danses et leurs chants étaient accompagnés des gémissements et des sanglots des blessés. Ainsi se passa le reste du jour et toute la nuit.

Le matin, au réveil, nouveau désespoir. Pendant la nuit, un grand nombre de blessés étaient morts. Le vaisseau flottait entouré de cadavres. La mer était grosse et le ciel brumeux. On tint conseil. Quelques apprentis dans l'art magique, qui n'avaient point osé parler de leur savoir-faire devant Tamango, offrirent tour à tour leurs services. On essaya plusieurs conjurations puissantes. A chaque tentative inutile, le découragement augmentait. Enfin on reparla de Tamango, qui n'était pas encore sorti de son retranchement. Après tout, c'était le plus savant d'entre eux, et lui seul pouvait les tirer de la situation horrible où il les avait placés. Un vieillard s'approcha de lui, porteur de propositions de paix. Il le pria de venir donner son avis; mais Tamango, inflexible comme Coriolan, fut sourd à ses prières. La nuit, au milieu du désordre, il avait fait sa provision de biscuits et de chair salée. Il paraissait déterminé à vivre seul dans sa retraite.

L'eau-de-vie restait. Au moins elle fait oublier et la mer, et l'esclavage, et la mort prochaine. On dort, on rêve de l'Afrique, on voit des forêts de gommiers, des cases couvertes en paille, des baobabs dont l'ombre couvre tout un village. L'orgie de la veille recommença. De la sorte se passèrent plusieurs jours. Crier, pleurer, s'arracher les cheveux, puis s'enivrer et dormir, telle était leur vie. Plusieurs moururent à force de boire; quelques-uns se jetèrent à la mer, ou se poignardèrent.

Un matin, Tamango sortit de son fort et s'avança jusqu'auprès du tronçon du grand mât.

— Esclaves, dit-il, l'Esprit m'est apparu en songe et m'a révélé les moyens de vous tirer d'ici pour vous ramener dans votre pays. Votre ingratitude mériterait que je vous abandonnasse; mais j'ai pitié de ces femmes et de ces enfants qui crient. Je vous pardonne : écoutez-moi.

Tous les noirs baissèrent la tête avec respect et se serrèrent autour de lui.

— Les blancs, poursuivit Tamango, connaissant seuls les paroles puissantes qui font remuer ces grandes maisons de bois; mais nous pouvons diriger à notre gré ces barques légères qui ressemblent à celles de notre pays.

Il montrait la chaloupe et les autres embarcations du brick.

— Remplissons-les de vivres, montons dedans et ramons dans la direction du vent; mon maître et le vôtre le fera souffler vers notre pays.

On le crut. Jamais projet ne fut plus insensé. Ignorant l'usage de la boussole, et sous un ciel inconnu, il ne pouvait qu'errer à l'aventure. D'après ses idées, il s'imaginait qu'en ramant tout droit devant lui, il trouverait à la fin quelque terre habitée par les noirs, car les noirs possèdent la terre, et les blancs vivent sur leurs vaisseaux. C'est ce qu'il avait entendu dire à sa mère.

Tout fut bientôt prêt pour l'embarquement; mais la chaloupe avec un canot seulement se trouva en état de servir. C'était trop peu pour contenir environ quatre-vingts nègres encore vivants. Il fallut abandonner tous les blessés et les malades. La plupart demandèrent qu'on les tuât avant de se séparer d'eux.

Les deux embarcations, mises à flot avec des peines infinies et chargées outre mesure, quittèrent le vaisseau par une mer clapoteuse, qui menaçait à chaque instant de les engloutir. Le canot s'éloigna le premier. Tamango avec Ayché avaient pris place dans la chaloupe, qui, beaucoup plus lourde et plus chargée, demeurait considérablement en arrière. On entendait encore les cris plaintifs de quelques malheureux abandonnés à bord du brick, quand une vague assez forte prit la chaloupe en travers et l'emplit d'eau. En moins d'une minute, elle coula. Le canot vit leur désastre, et ses rameurs doublèrent d'efforts, de peur d'avoir à recueillir quelques naufragés. Presque tous ceux qui montaient la chaloupe furent noyés. Une douzaine seulement put regagner le vaisseau. De ce nombre étaient Tamango et Ayché. Quand le soleil se coucha, ils virent disparaître le canot derrière l'horizon; mais ce qu'il devint, on l'ignore.

Pourquoi fatiguerais-je le lecteur par la description dégoûtante des tortures de la faim? Vingt personnes environ sur un espace étroit, tantôt ballottées par une mer orageuse, tantôt brûlées par un soleil ardent, se disputent tous les jours les faibles restes de leurs provisions. Chaque morceau de biscuit coûte un combat, et le faible meurt, non parce que le fort le tue, mais parce qu'il le laisse mourir. Au bout de quelques jours, il ne resta plus de vivant à bord du brick l'*Espérance* que Tamango et Ayché.

. . . .

Une nuit, la mer était agitée, le vent soufflait avec violence, et l'obscurité était si grande, que de la poupe on ne pouvait voir la proue du navire. Ayché était couchée sur un matelas dans la chambre du capitaine, et Tamango était assis à ses pieds. Tous les deux gardaient le silence depuis longtemps.

— Tamango, s'écria enfin Ayché, tout ce que tu souffres tu le souffres à cause de moi...

— Je ne souffre pas, répondit-il brusquement. Et il jeta sur le matelas, à côté de sa femme, la moitié d'un biscuit qui lui restait.

— Garde-le pour toi, dit-elle en repoussant doucement le biscuit; je n'ai plus faim. D'ailleurs, pourquoi manger? Mon heure n'est-elle pas venue?

Tamango se leva sans répondre, monta en chancelant sur le tillac et s'assit au pied d'un mât rompu. La tête penchée sur sa poitrine, il sifflait l'air de sa famille. Tout à coup un grand cri se fit entendre au-dessus du bruit du vent de la mer; une lumière parut. Il entendit d'autres cris, et un gros vaisseau noir glissa rapidement auprès du sien; si près, que les vergues passèrent au-dessus de sa tête. Il ne vit que deux figures éclairées par une lanterne suspendue à un mât. Ces gens poussèrent encore un cri, et aussitôt leur navire, emporté par le vent, disparut dans l'obscurité. Sans doute les hommes de garde avaient aperçu le vaisseau naufragé; mais le gros temps empêchait de virer de bord. Un instant après, Tamango vit la flamme d'un canon et entendit le bruit de l'explosion; puis il vit la flamme d'un autre canon, mais il n'entendit aucun bruit; puis il ne vit plus rien. Le lendemain, pas une voile ne paraissait à l'horizon. Tamango se recoucha sur son matelas et ferma les yeux. Sa femme Ayché était morte cette nuit-là.

. . . .

. . . .

Je ne sais combien de temps après une frégate anglaise, *la Bellone*, aperçut un bâtiment démâté et en apparence abandonné de son équipage. Une chaloupe, l'ayant abordé, y trouva une négresse morte et un nègre si décharné et si maigre, qu'il ressemblait à une momie. Il était sans connaissance, mais avait encore un souffle de vie. Le chirurgien s'en empara, lui donna des soins, et quand *la Bellone* aborda à Kingston, Tamango était en parfaite santé. On lui demanda son histoire. Il dit ce qu'il en savait. Les planteurs de l'île voulaient qu'on le pendît comme un nègre rebelle; mais le gouverneur, qui était un homme humain, s'intéressa à lui, trouvant son cas justifiable, puisque, après tout, il n'avait fait qu'user du droit légitime de défense; et puis ceux qu'il avait tués n'étaient que des Français. On le traita comme on traite les nègres pris à bord d'un vaisseau négrier que l'on confisque. On lui donna la liberté, c'est-à-dire qu'on le fit travailler pour le gouvernement; mais il avait six sous par jour et la nourriture. C'était un fort bel homme. Le colonel du 75e le vit et le prit pour en faire un cymbalier dans la musique de son régiment. Il apprit un peu d'anglais; mais il ne parlait guère. En revanche, il buvait avec excès du rhum et du tafia. — Il mourut à l'hôpital d'une inflammation de poitrine.

FIN

PROCHAIN OUVRAGE A PARAITRE

QUO VADIS?

par

Henrick **SIENKIEWICZ**

Pétrone s'éveilla vers le milieu du jour; comme d'habitude, il se sentait fort las. La veille, il avait pris part, chez Néron, à un grand festin. Il s'était levé tard, et au sortir de son bain, s'était étendu sur une table couverte d'un tapis moelleux, où de robustes balnéatores, les mains imprégnées d'huile, le frictionnaient vigoureusement. Les yeux fermés, il attendait que la chaleur de leurs mains et celle du lacomium, en pénétrant en lui, eussent dissipé sa fatigue, lorsque, soulevant la portière, le nomenclator lui annonça la visite de Marcus Vinicius. Pétrone ordonna qu'on fit entrer le visiteur et se fit porter au trépidarium: Vinicius était son neveu, fils de sa sœur aînée, mariée à Marcus Vinicius, personnage consulaire de l'époque de Tibère. Le jeune homme venait de lutter contre les Parthes, sous les ordres de Corbulon et retournait à Rome, la guerre étant achevée. Pétrone affectionnait Marcus, parce qu'il avait un corps d'athlète, et conservait jusque dans l'ivresse des plaisirs cette tenue noble et digne que son oncle prisait par-dessus tout.

— Salut, Pétronne, dit Vinicius; que les dieux et particulièrement Asclépias et Cypris, te comblent de leurs dons.

— Sois le bienvenu ici et jouis en paix d'un repos bien mérité après la guerre, lui répondit Pétrone

Vinicius se mit à lui narrer ses combats; mais, s'apercevant que son oncle fermait ses paupières, il lui demanda des nouvelles de sa santé.

Pétrone dit que sa santé n'était pas brillante.

— Quant à moi, reprend Vinicius, je n'ai pas été frappé par les flèches des Parthes, mais celles de l'Amour m'ont atteint à quelque distance des portes de la ville.

— De grâce! raconte-moi la chose en détails, dit Pétrone, et pour cela passons dans l'unctarium.

(A suivre.)

NOUVELLE COLLECTION NATIONALE

Autant de lecture que dans un volume à 9 fr.

95 cent. l'ouvrage complet illustré

(Envoi franco de chaque ouvrage contre 1 fr. 10)

OUVRAGES PARUS :

1. Amants ou fiancés, par Charles FOLEY.
2. On a volé la Tour Eiffel, roman mystérieux, par Léon GROC.
3. L'Eternelle blessée, par P. VIGNÉ d'OCTON.
4. Un de trop, par Arthur DOURLIAC.
5. Sacrifice d'amour, roman dramatique, par Pierre ZACCONE.
6. La Fiancée aux vingt millions, roman d'aventures, par Rodolphe BRINGER.
8. La Rançon du bonheur, roman, par G. PRADEL.
9. Le droit d'être Mère, roman social, par Paul BRU.
10. L'Ensorceleuse. — Un cœur en loterie. — Le Marchand de fantômes. — Poisson d'Avril. — La Nuit tragique, par A. CONAN DOYLE (*traduits de l'anglais par René LECUYER*).
11. Le béguin des Muses, délicieux roman, par Charles DERENNES.
12. Le Chambrion, roman dramatique, par PONSON DU TERRAIL.
13. Policier par amour, par Georges SPITZMULLER.
14. Le Diable. — Les deux Hussards. — Une razzia au Caucase, par TOLSTOI (*traduits par Georges d'OSTOYA*).
15. Isidore a des peines de cœur, roman gai, par Rodolphe BRINGER.
16. Pour son fils, roman, par Amédée DELORME.
17. Vif-Argent, roman d'aventures, par Paul SAUNIÈRE.
18. L'Assassinée du téléphone, roman mystérieux, par Léon GROC.
19. Le malheur des uns..., roman, par Adrienne CAMBRY.
20. Ursule, dramatique roman, par J. MÉRY.
21. Les Robinsons de Paris, délicieux roman, par Georges BEAUME.
22. Le secret du souterrain, roman d'aventures, par Maurice JOKAY (*traduit du hongrois par J. L. FOTI et G. DELAQUYS*).
23. La Châtelaine, roman d'après la pièce d'Alfred CAPUS, par Jacques des GACHONS.
24. La Jeunesse de Napoléon (*extrait des mémoires de Madame la duchesse d'ABRANTES*).
25. Le Mal de vivre..., dramatique roman, par Georges MALDAGUE.
26. Mariage d'argent, roman, par Georges PRADEL.
27. Les deux Fiancées, délicieux roman, par Gaston DERYS.
28. La Momie vivante, par A. CONAN DOYLE (*traduit par Albert SAVINE*).
29. Pierrette, par HONORÉ de BALZAC.
30. Le Contrôleur des wagons-lits, roman gai, d'après la célèbre pièce d'Alexandre BISSON, par André Bisson.
31. Le père Serge, par Léon TOLSTOI (*traduit par Georges d'OSTOYA*).
32. Marion l'Idole, roman historique, par Jean BOURDEAUX.
33. Graziella, par LAMARTINE.
34. Frissons d'amour, délicieux roman, par Charles FOLEY.
35. Les Mystères du Bagne, par Jean NORMAND.
36. Le Risque, roman, par Maxime FORMONT.
37. L'Aimée, délicieux roman, par Eugène JOLICLERC.
38. Le Roman d'une Courtisane, histoire de la DU BARRY, par Henry FRICHET.
39. L'Etrange et Aventureuse chevauchée de Morrowbie Jukes, par Ruydard KIPLING (*traduit par Albert SAVINE*).
40. Après le Divorce, émouvant roman, par Marie-Anne de BOVET.
41. Un drôle de fiancé, amusant roman, par Rodolphe BRINGER.
42. Raphaël, le chef-d'œuvre de LAMARTINE.
43. La Faute amoureuse, délicieux roman, par Maxime FORMONT.
44. Les plus joyeuses aventures d'Aristide Froissard, célèbre roman de Léon GOZLAN.
45. Bons mots et anecdotes, par DANIEL.
46. Le Sang, roman, par Eugène JOLICLERC.
47. Le Million du Père Raclot, roman sentimental, par Emile RICHEBOURG.
48. Chérie-Aimée, délicieux roman, par Adrienne CAMBRY.
49. Premier Amour, par Ivan TOURGUENEFF (*traduit du russe, par E. HALPERINE-KAMINSKY*).
50. La folle passion, roman, par Marie-Anne de BOVET.
51. Les Amours de la Duchesse de la Vallière, histoire sentimentale, par Madame de GENLIS.
52. Le roman d'une vieille fille, roman, par Amédée DELORME.
53. Un Lys, émouvant roman, par Maxime FORMONT.
54. Adolphe, le chef-d'œuvre de Benjamin CONSTANT.
55. Aimer ?... roman sentimental, par Guy de TERAMOND.
56. Elisabeth aux cheveux d'or, par E. MARLITT (*adaptation de E. B. LANG*).
57. Le Chemin de l'amour, délicieux roman, par P. VIGNÉ D'OCTON.
58. Napoléon intime, raconté par son valet de chambre CONSTANT.
59. Un cri dans la nuit, roman dramatique, par Georges MALDAGUE.
60. Les Enchaînés, roman par Eugène JOLICLERC.
61. Ressuscitée, amusant roman, par Jeanne LANDRE et Gaston DERYS.
62. L'amour mystérieux, roman, par Georges SPITZMULLER.
63. Le tailleur de pierre de Saint-Point, le chef-d'œuvre de LAMARTINE.
64. Une drôle de Maman, amusant roman, par Alphonse CROZIÈRE.
65. Werther, de GOETHE.
66. L'obstacle, roman, par Georges PRADEL.
67. ...Et l'amour triompha ! délicieux roman, par Rodolphe BRINGER.
68. Un crime inconnu, dramatique roman, par J. MÉRY.
69. En prison, par Maxime GORKI (*traduction par E. HALPERINE-KAMINSKY*).
70. L'Ombre jalouse, roman, par Gaston DERYS.
71. Les petites dames, délicieux roman, par P. VIGNÉ D'OCTON.
72. Geneviève, de LAMARTINE.
73. La seconde femme, par E. MARLITT (*Adaptation de E. B. LANG*).
74. Le sacrifice d'Eulalie Pontois, roman, par Frédéric SOULIE.

Prochain ouvrage à paraître :

QUO VADIS

adaptation du célèbre roman d'Henrick SIENKIEWICZ.

IL PARAIT DEUX VOLUMES PAR MOIS LE 15 ET LE 30
EN VENTE PARTOUT

F. ROUFF, Éditeur, 8, boulevard de Vaugirard. — **PARIS** (XVe)

9 782329 035628